● 忠诚比黄金更重要 ● 忠诚比黄金更重要 ● 忠诚比黄金更重要

天安门

国旗护卫队

◎ 张慧敏 编著

中州古籍出版社

图书在版编目（CIP）数据

天安门国旗护卫队／张慧敏编著．—郑州：中州古籍出版社，2011.3（重印）

ISBN 978-7-5348-3213-0

Ⅰ.天… Ⅱ.张… Ⅲ.纪实文学－中国－当代 Ⅳ.I25

中国版本图书馆 CIP 数据核字（2009）第 147021 号

出版社：中州古籍出版社

（地址：郑州市经五路 66 号　邮政编码：450002）

发行单位：新华书店

承印单位：郑州新海岸电脑彩色制印有限公司

开本：787mm×1092mm　1/16　印张：14.25

字数：100 千字

版次：2009 年 9 月第 1 版　印次：2011 年 3 月第 3 次印刷

定价：25.00 元

前　言

一本书大都要有序言或者前言。

在采访天安门国旗护卫队官兵的过程中，也就是在编写《天安门国旗护卫队》这本书动笔之前，我萌生了一个很真切的想法：最好用国旗卫士们自己的故事作为本书的序言，或引为前言。

请让我们看看这样一个镜头吧：

2000 年入伍的安徽籍战士苏星，曾经是国旗护卫队的一个班长。

这天清晨，国旗护卫队在经过了一个多小时的热身训练后，整队从东朝房的驻地向天安门广场行进。

队伍中的苏星和其他战友一样，都保持着一种昂扬的精神状态。

苏星的心情非常好。因为就在前一天，他刚刚收到家中亲人的来信。亲人们在信中鼓励他在部队好好工作，升好祖国第一旗。

此时，苏星的脸上带着虔诚而自信的微笑。他要把最好的姿态展现在广场上，展现给那些来观看升旗的国人们。

带着这样的心情，苏星随着升旗方队走出了天安门城楼。

广场上来看升旗的人真多啊，金水桥两侧都站满了人。通过双眼的余光，苏星看到战友们个个精神饱满，他又一次在内心提醒自己，作为班长的自己也一定要不辜负家人和祖国

人民的嘱托，一定要拿出最好的姿态来。

意想不到的事情发生了。方队刚下金水桥，口令班长刚下了正步的口令，右脚的第一步刚落地，他突然感到脚底一阵钻心般的疼痛。

头上的汗一下就冒了出来。

为了不让别人看出来，他只是轻轻地皱了一下眉头就忍住了。

虽然没有看，但他感觉到自己的右脚像是被什么东西给扎了。也许是玻璃，也许是根小钉子，也许是一颗大头针。

苏星安慰自己，坚持一下就好了，不就138步吗？一去一回也就是276步，一会儿就挺过去了。

方队在继续向前行进。每往前踏一步，苏星的右脚都是一阵钻心的疼痛。那疼痛从脚心一直向上辐射，到后来，整个右腿都变得疼痛不堪。

苏星一直在坚持着，周围的人一点也看不出来他在忍受着巨大的疼痛。

此时，他的脑海里只有一个念头，哪怕是再疼，他也要和战友们一起把国旗在天安门广场上升起来。

坚持，坚持，一定要坚持！

伴随着一下又一下的钻心的剧痛，苏星一遍又一遍地在心里给自己鼓劲、加油。

终于到达广场的国旗旗杆基座跟前，苏星站在指定位置不动声色地忍着疼痛看着鲜艳的五星红旗在天安门广场上冉冉升起。

那一刻，苏星忘记了疼痛。

那一刻，苏星感到无比的欣慰。

当国旗升到旗杆顶部的时候，随着口令班长的一声令下，苏星和战友们一起一个漂亮的"三把枪"，枪上肩后，方队开始返回。

又是138步，钻心的疼痛又一下一下地磨砺着苏星的神经。

苏星还是在心里默默地告诫自己，坚持，坚持，一定要坚持！

苏星坚持住了，他一步不少地坚持到了驻地。直到最后的一刻，方队的战友们没有一个人发现他有任何异样。

到达驻地东朝房，方队解散后，苏星一下歪靠在了树上。直到这时，战友们才觉察到了苏星的异样。战友们看到他的脸色蜡黄，身上的礼服都被汗水湿透了。

队长王俊华一下奔过来问苏星怎么了，苏星这时才指了指他的右脚。

王俊华赶忙搬过苏星的右脚查看，这一看不要紧，他倒吸了一口凉气。

一根很粗的钉子穿过苏星的马靴底，扎进了他的右脚心。

王俊华试着把苏星右脚上的马靴脱下来，可怎么也脱不下来。

那根粗粗的钉子把马靴和苏星的右脚牢牢地钉在了一起。

最后，在几个战友的协助下，大家才好不容易将苏星脚上的马靴从他脚上脱下来。

自始至终，苏星都没有吭一声。

当苏星脚上的马靴脱下来之后，看着马靴里的半靴子鲜血，队长王俊华的眼睛湿润了。

他又重复了一遍那句经常被大家说起的话："上勤就是上战场，小苏，好样的！"

在天安门国旗护卫队，类似上面的感人镜头数不胜数。如果说一定要为其增添一些文字注解，我认为只需两个字：忠诚！

忠诚，正是天安门国旗护卫队官兵们的力量源泉和独特气质。

黄金有价，忠诚无价。

"升好祖国第一旗，凝聚亿万爱国心"是国旗卫士们肩负的神圣使命。"护卫国旗，重于生命"是国旗卫士们的铮铮誓言。

长年以来，天安门国旗护卫队这支神圣、威武的部队以忠诚铸熔炉，每一个官兵都在这个熔炉里用忠诚锻造金身，用忠诚锻造金牌。

可以说，这是一支十分年轻的部队，平均年龄不超过22岁，但在采访过程中，目睹着他们训练、值勤，聆听着他们的一个个故事，我分明感受到那一个个青春英武的战士身上，都在透射着代表中华民族忠诚精神之壮丽诗篇。我仿佛听见范仲淹在说："先天下之忧而忧，后天下之乐而乐"，陆游在说："王师北定中原日，家祭无忘告乃翁"，岳飞在说："莫等闲，白了少年头，空悲切"，林则徐在说："苟利国家生死以，岂因祸福避趋之"。我仿佛听见青年周恩来在说："为中华之崛起而读书！"我仿佛听见伟大的设计师邓小平在说："我是中国人民的儿子，我深情地热爱着自己的祖国和人民！"

翻开我们的历史画卷——中华民族的发展史，实际上就是不胜枚举的民族英雄们精忠报国的历史；翻开我们的历史画卷——中华民族的精神史，实际上就是民族英雄们以精忠报国而熠熠生辉的英名青史。

一个公民忠于国家是国家的需要。就增强、提升国力而言，对国家忠诚的公民才是国家需要的合格公民。公民对国家的忠诚度愈高，我们的国力才会愈强。

一个公民忠于国家是成就自我壮美人生的需要。一个甘于报效国家的人，一定能够做到胸襟开阔、志向远大、意志坚强、品格高尚。因为只有热爱国家、报效国家，才能把自己的人生框架真正拉开、扩大，才能真正提升自己的人生品质，才能真正取得事业的成功。

让我们和国旗卫士一道，迈开正步，用忠诚为我们的人生奠基，用忠诚为实现我们中华民族的伟大复兴一路护航！

目录

引　子　看升旗

第一章　与国旗有关的历史记忆

第二章　光荣与梦想

第三章　宝剑锋从磨砺出

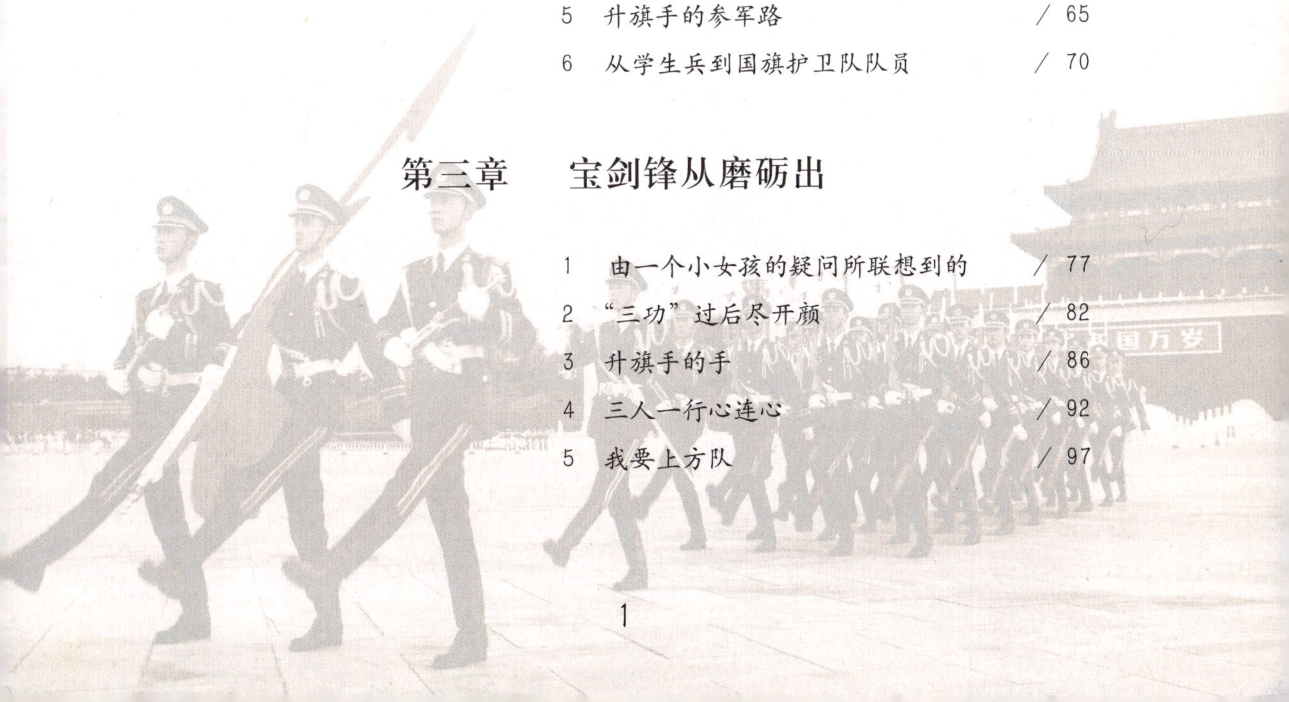

目录

引子

看升旗

看升旗

这一刻，广场上很静，几乎所有人都屏住了呼吸。

熹微的晨光中，天安门城楼在千万人的凝视中，呈现出一如既往的庄严和神圣。城门楼上方正中央巨幅画像上的人民领袖毛泽东一如既往地用他那安详、欣慰、亲切而坚毅的目光，注视着视野里的每一个人。

此时此刻，一种难以用语言表达的神圣情愫在人们心头悄悄地酝酿、升腾着！每个人似乎都听到了自己的心跳声。

人们翘首以待，等待鲜艳的五星红旗冉冉升起的那一刻。

6 点零 5 分，伴随着广场上空的一缕放慢了翅膀的晨风，天安门城楼下响起一声嘹亮的口令：“齐步走！”

瞬间，所有人的目光都集中到了金水桥上。

最先出现在人们视野中的是国旗的旗尖，紧接着是一枚枚上升的警徽和一顶顶上升的大檐帽。

“来了……”

等待观看升旗仪式的无边无际的人海，一齐发出一声惊叹。

国旗护卫队队员矫健的身影在人们期待的目光中出现在金水桥上。

队员们身着笔挺的礼服，佩挂金色绶带，脚穿齐膝黑色马靴，个个雄姿英发、精神饱满，一招一式都透着威武和庄严。

走在队伍最前面的是三位旗手，中间的一位是擎旗手，两边是怀抱

礼宾枪的护旗手。三人后面，是一名佩带指挥刀的带队警官。紧跟其后的是四纵八横的由32名肩扛同种样式礼宾枪的队员组成的护旗方队。

36人的升旗方队形成一道移动的风景。天安门广场上数十万人的目光一齐投射在他们身上。

人们又一次屏住了呼吸。

前排的三位旗手刚一踏上长安街，方队就在带队警官的口令下换成更加威武的正步。紧跟方队之后的由60人组成的军乐队开始在行进中演奏《歌唱祖国》。

优美的旋律激起了人们无尽的遐想。

方队越来越近，最激动人心的时刻即将到来。

进入广场，护旗方队自动分成两路在国旗旗杆基座的东、西两侧相向护卫着国旗。擎旗手双手擎旗，迈着庄严的步子走上基座。早已等候在基座上的升旗手双手接过国旗，用潇洒有力、准确干练的动作把国旗放进高高矗立着的旗杆槽内。

北京时间6点10分，当太阳上边缘和地平线相切的时刻，乐队准时奏起国歌。升旗手按下升旗按钮，猛然亮出一个威武身姿，右手把国旗“刷”地向空中一撒。

五星红旗在万众瞩目中冉冉升起。

国旗升起的瞬间，基座两侧的32名护旗队员双手擎枪向国旗致敬。基座上的擎旗手和升旗手同时向国旗敬礼。基座南侧的两名护旗手和带队警官同时向国旗行注目礼。

国歌声中，现场的数十万群众更是热血沸腾，泪水充盈了无数人的眼眶。每个人在此刻都把自己的命运与国家、民族的命运紧密地联系在一起。

这一天是2008年10月1日，共和国的第59个华诞。

10月1日对每一个中国人来说，都具有一种特殊的含义。这一天，涌动在国民心中的民族自豪感会特别强烈。在这个具有历史感和极具象征意义的广场上，亲眼看到五星红旗伴着雄浑激昂的国歌升起，是中华儿女的一个共同心愿。

此刻，面对象征着祖国主权和尊严的五星红旗，每个人都有太多的心里话要向祖国母亲倾诉，向冉冉升起的五星红旗诉说。

2008年注定是中华民族历史上极不平凡的一年。北京奥运璀璨，“神七”航天员漫步太空，抗震救灾举世瞩目，海峡两岸关系拨云见日……

鲜艳的五星红旗高高地飘扬在广场上空，更飘荡在13亿中华儿女的心中。与五星红旗一同升起的是华夏儿女的自信与自豪，更是对祖

国美好明天的无尽憧憬和向往。为五星红旗喝彩，为祖国祝福，是此时每一个炎黄子孙的共同心声。

2 分零 7 秒，国旗升到顶部。国歌戛然而止的瞬间，上万只雪白的和平鸽从城楼前腾空而起。

广场上的气氛达到了高潮！

共和国又迎来了新的一天！

清晨的第一缕阳光照射着这个极具象征意义的广场，也照射着国旗护卫队队员橄榄色的身影。在国旗猎猎的飘扬声中，他们橄榄色的身影也极具象征意义。透过他们一个个年轻威武的身影，人们感受到的是一种昂扬的民族风貌。

升旗仪式结束了，人们的目光还恋恋不舍地追随着被国人亲切地称为“国旗卫士”的护旗方队，目送着他们橄榄色的挺拔身影穿过长安街，走过金水桥……

天安门广场上的升旗仪式是世界上最隆重的升旗仪式。

整个升旗过程堪称是一门绝妙的艺术。每个中国人都深深地明白，升旗在这里绝不仅仅是一种简单意义上的升旗。五星红旗是祖国的象征，升旗仪式象征着祖国的安定和繁荣。同时，升旗仪式也凝聚着13亿中华儿女对伟大祖国无限的热爱和眷恋，更能激发起做一名炎黄子孙的骄傲和自豪。担负天安门广场升旗仪式的武警天安门国旗护卫队，正是肩负着全国人民的这一深切嘱托来完成这一重大使命的。

“国旗至上，祖国至上”是他们的政治信仰。“升好祖国第一旗，凝聚亿万爱国心”是他们的共同心愿。他们每天都在用自己的亲身实践来阐释着“护卫国旗，重于生命”的誓言，每个队员都把护卫国旗看做是一生中的最高荣誉。

他们与国旗风雨相约，每大的升旗仪式都是那么的庄严而隆重。从金水桥到国旗旗杆下的138步，浓缩了他们辉煌的军旅历程。

这是一个荣誉等身的集体，多次受到党和国家领导人以及军队高级领导人的接见，年年被评为“标兵单位”，多次立功受奖，被国务院、中央军委授予“国旗卫士”荣誉称号。

20多个春秋寒暑，战士走了一批又一批，领导换了一茬又一茬，不变的是他们捍卫国旗的赤诚之心和一张张永葆青春活力的面孔。人们记住了国旗，记住了祖国第一哨，却记不住他们每个人的名字。

然而，高高飘扬在天安门广场上空的五星红旗却阐释着他们最亮

丽的青春年华。国旗护卫队每个战士的鲜血、灵魂和生命，都与国旗融为一体，化成了五星红旗的一部分。

如今，天安门广场的升旗仪式是北京的一道亮丽风景，是烙在13亿华夏儿女心头上的一枚中国印，更是日益强大的中华民族屹立于世界民族之林的一个鲜活见证。

朝阳下，在五星红旗猎猎的飘扬声中，橄榄色的升旗方队渐渐隐没在紫禁城内。

站在这极具象征意义的广场上，看着升旗方队同样极具象征意义的橄榄色背影，人们不禁会联想到共和国从历史深处一路走来的艰辛和伟大，联想到五星红旗从诞生到第一次高高升起在天安门广场的艰辛和伟大，对这支执行特殊任务的部队更是充满了敬佩和好奇。

这样的升旗仪式是从什么时候开始的？这中间经历了一个怎样的演变过程？天安门广场最初的升旗是什么样的？国旗护卫队荣誉光环的背后究竟有着怎样鲜为人知的故事？

一时间，无数个与国旗有关的问号浮现在人们的脑海之中。

第一章 / 与国旗有关的历史记忆

1

午门外的沉思

国旗护卫队的驻地在东朝房。

这是午门外东侧紧邻故宫靠近东厥门以南的一排房子。古时候，这里是文武大臣上朝前后候朝和议朝的地方。顾名思义，东朝房坐东朝西，与西厥门以南的那排被称为西朝房的房子隔路相对。

路不是一般的路，是北京著名的中轴线。硕大的青石板铺就的路面已经被岁月磨砺得油光黑亮。每一块石板都是一段凝聚的历史。站在这条石板路上，人们的思绪总是会和国家大事联系在一起。

1983 年 2 月的一个清晨，刚刚升完国旗的五班班长董立敢走在这条铺着硕大青石板的石板路上。这个 25 岁的安徽小伙紧锁眉头，像是为什么事情苦恼着。

走在他旁边的和他一起去升旗的是副班长高福新。高福新安慰他说："班长，你刚才讲解得很出彩。多亏今天是你升旗，要是换成别人一准傻眼了。"

原来，刚才在广场上的时候，有一队小学生在老师的带领下来看升国旗。升完旗后，那个老师向董立敢提出一个请求，让他给学生们讲一讲国旗知识。

猛不丁地面对这个问题，董立敢有点蒙了。

董立敢所在的五班担任升旗任务是最近的事。那是1982年12月28日，武警部队组建，他所在的原北京卫戍区警卫二师整建制划归武警，奉命从一师那里接管了升旗任务。董立敢现在所在部队属于中国人民武装警察部队北京总队管辖。

虽然升旗的时间不长，满打满算还不到两个月，但班里的战士在升旗过程中却碰到了不少意想不到的问题。面对群众提出的这些问题，有时战士们会感到尴尬，这激起了董立敢对国旗更多的思考。

就在前些天，他带领班里的战士刚刚搞清楚了两个问题。事情的起因是因为一个来看升旗的小学生的提问。那天，看完升旗后，那个小学生突然向升旗的战士提出了两个问题。一是问天安门广场上的旗杆有多高，二是问飘扬在广场上空的五星红旗有多长、多宽。当时，升旗的战士由于不知道就回答得很含糊，说旗杆很高，国旗很大，并没有说出一个具体的尺寸来。那个战士回来之后很不好意思地把自己当时的尴尬情况说给班长听。董立敢一听也蒙了。说实在的，虽然天天扛着国旗去旗杆下升旗，可他也说不出旗杆和国旗的具体长短和尺寸。当天晚上，等把国旗收回来，董立敢就找尺子仔细量了国旗的尺寸，得出结论是天安门广场上空五星红旗的尺寸是长5米，宽3.3米。夜深人静的时候，董立敢又拿上一轴白天找来的线去了广场。他把线的一头系在升旗挂钩上，然后按下升旗按钮。当线被带到了旗杆顶部，他又按下降旗按钮。等线下来的时候，董立敢就用尺子精确地丈量出了旗杆的高度是22.5米。从那以后，再遇到问及这个问题的群众，班里的战士就都能正确地回答出来。

想不到，今天早晨，董立敢又遇到了新的问题。

面对那位小学老师突然提出的问题，董立敢稍一犹豫，还是接过老师递过来的话筒把自己所知道的国旗知识全部讲述出来。那都是他上中学时从课本上得来的知识。他从江姐在敌人监狱里绣红旗，谈到革命事业成功的来之不易；又从1971中国恢复联合国合法席位后五星红旗第一次飘扬在联合国总部上空，讲到中国在世界上越来越重要的政治地位。小学生一个个都听得入了迷。他讲解完之后，一位胸前挎着照相机、戴着眼镜的中年男子主动走上前来握住董立敢的手，一面称赞他讲得好，一面又向他提出了几个新的问题。

五星红旗是怎样诞生的？

1949年10月1日开国大典时，飘扬在天安门广场上的五星红旗是谁缝制的？

新中国成立后是谁担负着天安门广场上的升旗任务？

问题一个接着一个，董立敢被问住了。

随后，那人自我介绍说他是《人民日报》的记者。他说非常希望负责升旗的国旗卫士能够多了解一些国旗知识，这样才可以利用升旗场合多宣传国旗知识，增强广大青少年的爱国热情。

回想着刚才那位记者同志的话，董立敢一边走一边沉思。他觉得自己作为一个负责在天安门广场升旗的武警班长，有义务更有责任带领全班战士多学习一些国旗知识，来回答群众向他们提出的任何有关

国旗的问题。

董立敢记得，五班第一天接过升旗任务的时候，中队长申美平就对他说过，国旗是祖国的象征，面对国旗就是面对祖国。看到这么多人民群众都在关心着国旗，此时的他才真正理解了中队长的话。

1983 年 2 月的那个还有些寒意的清晨，走在午门外的中轴线上，看着故宫里的红墙黄瓦，第一任国旗班班长董立敢感到肩上的担子沉甸甸的。

朦朦胧胧之中，这个年轻憨实的安徽小伙心里萌生出一股股热流。他隐约觉得自己这个国旗班班长应该琢磨点与国旗有关的事情了。

那个时候，董立敢并没有料到，正是当初他的这些朦朦胧胧的想法，使后来他所在的五班成为遐迩闻名的国旗班。而他自己也成为声名远扬的国旗班第一任班长，他的照片至今仍被张贴在国旗护卫队荣誉室的墙壁上。

2

第一任国旗班班长和博物馆馆长的相遇

国旗班还不是那么有名的时候，人们更习惯称这个班是队列五班。在部队待久了的人都知道队列班是什么意思。队列班可不仅仅是要求队列走得好，各项工作都要成为中队里的一个标杆，样样事情都是不能落下的。所谓标杆，首先强调的就是纪律，而外出次数又是衡量纪律好坏的一个硬性指标。

这一下，可难坏了队列五班的班长董立敢。他要查找国旗知识，就要请假外出，外出多了，势必会影响班里的声誉。

思前想后，有一天，董立敢趁指导员张华来班里检查工作的时候，就把自己的想法坦诚地说了出来。做政工工作出身的指导员听完董立敢的一番话，眼睛顿时就亮了。

指导员不但给他批了假，还充分肯定了董立敢的想法："五班长，你的想法很对，作为负责升旗的国旗卫士，　不但要爱国爱旗，更要把国旗的来龙去脉搞清楚，这样才能言传身教地去感染别人。"

指导员还语重心长地指着不远处巍峨庄严的午门对他说："五班长，你知道1900年8月28日在这里发生过什么事情吗？"

董立敢回答不上来，看着指导员发呆。

指导员微微眯起眼睛，说："那一天，八国联军在这里举行了声势浩大的大阅兵。领队的是800名俄军，后面依次是日军、英军、美军、法军、德军、意军和奥军。各国公使和司令官以及军事记者、使馆职员、侍卫队都参加了阅兵式。阅兵完毕，英军燃放礼炮，宣告游行开始，八国侵略军就是从这里列队进入故宫的。他们一路鼓乐齐鸣，一路哄抢我们的国宝。"

早就听说过八国联军哄抢故宫的屈辱事件，想不到他们还会采取这种极端的方式公开对中国人进行侮辱。听着听着，董立敢感到像是有一块大石头压在了自己的心上，他的呼吸也变粗了。

指导员接着说："没有共产党就没有新中国。我们要饮水思源，通过了解国旗，强化爱国主义教育，使全国人民更加热爱党、热爱祖国，在中国共产党的领导下，把我们的国家建设得更加繁荣富强。让我们每个人都成为热爱祖国、爱护五星红旗、积极传播爱国主义精神的典范，让爱国主义情操永远激励我们团结奋斗，让五星红旗在伟大祖国的上空永远飘扬。"

董立敢简直是太高兴了，他搓着双手激动地说："指导员，你的话真是说到我心里去了。我也是这样想的，可就是表达不出来。"

指导员又笑着说："你们五班担负着升国旗的光荣任务，每个人都应该既是过硬的升旗手，又是合格的国旗宣讲员。你先去搜集资料，然后整理出一份国旗知识讲稿，让每个战士都要熟悉这份讲稿的内容。"

"是！"董立敢兴奋地向指导员敬了一个标准的军礼。

此后的一段时间里，每逢周末，董立敢都会背上军用挎包带着纸和笔到有关单位去搜集查阅与国旗有关的一些资料和图片。

随着国旗知识的积累，董立敢越来越意识到国旗对于一个民族和一个国家的重要性。他猛然感悟到，原来国旗还有着那么多他以前不曾知晓的深刻含义。

董立敢的国旗知识越来越丰富。

他了解到，早在原始社会后期，就已经有人认识到了旗帜的作用，从而出现了旗帜的雏形。那时，原始部落逐渐扩大，围猎、战争、彼此之间的联系都迫切需要一种信号和标志，于是人们就用一根长棍绑上一个东西，作为一个部落的象征和对部落神灵的崇拜。

旗帜在古代，曾是城邦的标志。《周官·司常》中有“日月为常”的语句，疏：“天子之旗有日月星辰，诸侯旌旗无日月星。故有开龙降龙。”

旗帜还有区分人们社会身份和等级的作用：“旗，系爵秩、尊卑不同之徽帜。”

《说文解字》上说：“旗有众羚以令众也。”可见，旗帜在中国古代是册命诸侯、大夫的封物之一，也是诸侯、大夫权力和封邑的象征。按爵秩高低，旗帜又分为不同的等级。

到了近代，国旗成为国家的象征。它是指国家独立之后，作为国家或民族独立的一种标志。国旗是与一个国家的尊严紧紧连在一起的。国旗是一个国家的象征与标志，悬挂着的国旗就代表了国家的主权。最早以立法形式制定国旗是1789年法国大革命的时候。

董立敢还了解到，悬挂国旗有很多规则，大多数国家都通过立法的形式来确定升挂国旗的办法。每个国家都有不同的规定，但一般要注意以下几点：

（1）当与其他旗帜一起排列时，国旗应当最早升起，最晚降下。国旗还应当处于显著的位置，置于中心或较高处。列队举旗时，国旗应当在其他旗帜之前。

（2）升国旗时国旗应当升到旗杆顶端，降旗时不能让旗帜落地。下半旗致哀时，一般先升到杆顶，再降到旗杆的上三分之一或一半处。

（3）国家领导人出访时，汽车上应悬挂两国国旗，驾驶员左首为

主方国旗，右首为客方国旗；升挂三国国旗时，主方国旗居中，其他两国按国名的英文字母排列，顺序在前的排在主方国旗的右边，在后的排左边。四国或以上国旗并挂，按英文字母从右到左依次排列。

（4）联合国旗与成员国国旗并挂时，应保持同一高度，同一大小。

（5）悬挂不同比例的国旗时，应当尽量使国旗面积大致相同。

更让董立敢大开眼界的是，原来，在伟大的五星红旗诞生之前，中国曾经有过几种不同图案的国旗。当然，由于种种历史原因，这些国旗都寿命不长。

史载，1900 年义和团运动失败后，洋务派首领李鸿章在同各帝国主义国家举行外交谈判时，看到别国政府都悬挂国旗，认为中华帝国也应有一面国旗。于是，便向慈禧太后奏请制定中国国旗，得到慈禧太后的恩准。时隔不久，李鸿章便将画有虎、豹、狮、龙、麒麟、八卦等图像的国旗图案面呈慈禧。经慈禧钦定，决定以金龙旗作为大清国的国旗，通称“黄龙旗”。图案中的龙是皇帝威严的象征，黄色则为满族的代表色。这种国旗最初为三角形，后改为长方形。这便是中国历史上最早的国旗，它一直悬挂到清王朝灭亡。

辛亥革命后，中华民国临时政府采用横排的红、黄、蓝、白、黑五色旗作为国旗，表示汉、满、蒙、回、藏五个民族的共和。

1931 年，《中华民国训政时期约法》规定：“中华民国国旗定为红地左上角青天白日。”这就是国民党的青天白日旗。

这种青天白日旗，是孙中山 1894 年创办兴中会时，由陆皓东设计出来的。白日象征光明，12 道光芒代表 12 个时辰，光芒尖锋象征革命锐进。1905 年，中国同盟会成立，孙中山主张用兴中会的青天白日旗。红色象征革命。后来蒋介石掌握了中华民国的领导权，虽仍用青天白日旗，但他大肆屠杀革命志士，走向了革命的反面。

当然，董立敢最渴望了解的还是代表我们伟大祖国的五星红旗诞生前后的一些事情。

听说中国革命博物馆保留着这方面最权威的第一手资料。一天，升完旗之后，董立敢就请假赶了去。

到了博物馆一打听才知道，有关国旗的历史资料都放在馆里的珍藏室里，要经过馆长亲自批准才可以查阅和观看。凭着一颗虔诚的心，董立敢几经周折才被工作人员带进了馆长办公室。馆长听了董立敢的一番真切表述，被眼前这个小伙子的爱国热情所打动。但查阅、观看珍贵资料需要有单位介绍信，于是馆长让董立敢回去开具介绍信。

虽然不能马上就看到那些珍贵的历史资料，但董立敢还是很高兴。他回去把事情向指导员作了汇报，又在指导员的带领下去总队开了介绍信。

第二天，董立敢拿着介绍信早早地就等在了中国革命博物馆门口。馆长接过董立敢手里的介绍信，终于把这个执著的小伙子带进了中国革命博物馆的珍藏室。

在珍藏室里，馆长把当年的历史资料一件一件地找出来给董立敢看。比如政协会议筹备会公布的《国旗征集启事》，全国千余件应征图案中精选讨论的 38 幅图案等珍贵历史资料。

最令董立敢激动的时刻是馆长把他带到开国大典时第一面国旗陈列室的那一刻。

看着那面1949年10月1日被毛泽东主席亲自按动升旗按钮升起在天安门广场上空的五星红旗，董立敢激动万分。

博学多识的老馆长站在橱窗前给董立敢讲述了许多他以前所不了解的事情。

那天，董立敢在中国革命博物馆里待了整整一天。关于五星红旗的故事，他记了一本子，装了一脑子，直到闭馆时才恋恋不舍地离开。

一个个常常被群众问起的问题迎刃而解， 董立敢也对国旗有了新的了解和认识。

3

五星红旗的诞生

在中国革命博物馆馆长生动的讲述中，董立敢真切地走近了1949开国大典前后那段难忘的激情岁月。

1949年9月27日，五星红旗被确定为中华人民共和国国旗。

从一开始在社会上广泛征集到最终确定图案，这其间有着一段颇为感人的经历。

1949年6月15日，中国人民政治协商会议筹备会在北平召开。

6月18日，周恩来主持了筹备会常委会第一次会议。为了迅速完成召开新政治协商会议及建立民主联合政府的各项准备工作，会议决定在常委会领导下设立6个小组。其中第六小组负责研究草拟国旗、国徽、国歌、纪年、首都等方案。

即将诞生的新中国应该有自己的国旗。

第六小组组长是马叙伦先生，副组长是当时任北平军管会主任的叶剑英。不久，因叶剑英工作忙，又增加茅盾为副组长，主持日常工作。参加第六小组的成员有马叙伦、叶剑英、张奚若、田汉、茅盾、郑振铎、郭沫若、翦伯赞、钱三强、蔡畅、李立三、欧阳予倩、廖承志等人。

第六小组经研究决定，在全国范围内发布《国旗征集启事》。随后，《国旗征集启事》在《人民日报》、《解放日报》等各大报纸同时发表。

在短短一个多月的时间里，筹备会收到海内外上千件国旗设计图案。投稿者下自9岁学童，上至耄耋老人。他们中既有高级将领、著名艺术家，也有普通军人、工人、农民和学生，还有海外华侨和港澳同胞。更为令人感动的还有一些邮件是从尚未解放的国统区寄来的。

这充分表达了全国人民和海外侨胞对新中国的热爱和拥护。虽然有些图案不太理想，但却体现出了每一位应征者的积极参与意识，他们把设计、绘制国旗图案当做一件无上光荣而崇高的事情。

人民解放军某部，指战员在阵地的战壕里热烈地讨论着应征国旗图样。有的战士高兴地说：“等新中国成立那天，我要握着枪戴上立功奖

章，在国旗下照一张照片。”

饱经枪林弹雨的老战士，更是用自己丰富的想象力，描绘着新中国成立后的前景，憧憬着未来的美好生活。

有位战士不善言辞，却把对新中国火一般的热情，悄然化为行动。他设计了一幅国旗图案，与一封家信放在一起。他想打完这场战斗就把图样寄往北平。然而，战斗中，他的鲜血全部洒在了刚刚解放的热土上，贡献给了即将诞生的新中国。当战友们清点他的遗物时，发现了这张还没来得及寄出的国旗图案。

经过讨论，其中有三类来稿被筛选掉了：第一类是有镰刀、锤子的，有模仿苏联国旗的痕迹；第二类是用嘉禾齿轮的，图面比较复杂，缺乏简洁大方之气；第三类是采用两色或三色横条或竖条的，模仿西方国家国旗痕迹明显。

为了体现公正，周恩来指示把这些图案分类编成《国旗图案参考资料》，给每个图案都编上号，不写作者姓名，避免评选时带有偏见。

经过初评复选，38幅国旗图案闯过一关又一关，进入终评。其中，上海曾联松设计的五星红旗图案被编为“复字三十二号”。

新中国国旗的诞生过程，是一个充分发扬民主的过程。

经过反复讨论研究，“复字三十二号”五星红旗图案被田汉、郭沫若等名家看中，定为唯一中选的国旗图案。

1949年9月26日晚，毛泽东在中南海勤政殿宴请了各方面人士。宴会后，毛泽东拿着被大家一致推荐的放大了尺寸的五星红旗，说出了他对五星红旗的看法。

毛泽东认为，五星红旗图案代表我们革命人民大团结。现在要大团结，将来也要大团结。因此，现在也好，将来也好，又是团结，又是革命。

在1949年9月27日举行的中国人民政治协商会议第一届全体会议上，正式通过了曾联松设计的五星红旗为中华人民共和国国旗。五星红旗为长方形，红色的旗帜象征着革命。一颗大星引导在前，几颗小星环绕其后，形成众星拱北斗之势。大星代表中国共产党，小星代表中国各阶层人民，象征着中国共产党领导下的革命人民大团结。

9月29日，《人民日报》等报刊登了中华人民共和国国旗的标准和制作国旗的方法。

曾联松设计的五星红旗就这样成为了中华人民共和国的国旗。

曾联松是一位在上海从事经济工作的普通劳动者，当他获悉自己设计的国旗图案当选时，简直不敢相信这是真的。

当然，"复字三十二号"图案与我们今天看到的五星红旗还是有些不同的，主要是去掉了原稿大五角星中的镰刀、斧头。

作为共和国的一位普通劳动者，竟然有幸成为国旗的设计者，这是怎样的一种荣耀啊！

国旗图案通过后，距开国大典只有短短的几天时间了。开国大典筹备处将制作五星红旗的任务交给了北平永茂实业公司。

1949年9月29日上午，永茂实业公司的宋树信接受了公司经理交给他的一项任务，说是要他制作一面长5米、宽3.3米的特大五星红旗。

听说这是开国大典上要用的国旗，身为共产党员的宋树信深感责任重大。

拿到国旗的图案和尺寸之后，他一刻也不敢耽误地找来了做旗面用的红布和做旗杆套用的白布，但却怎么也找不到做五星的黄缎布。他骑上自行车跑遍了全北平市所有的布店，也没有找到。第二天一大早，他又赶到位于前门外的全市最大的绸布店——瑞蚨祥，向几位老职工说明来意，请他们帮忙翻翻库存。瑞蚨祥的师傅们一听事关重大，大家便一起去找。两个小时后，他们交给宋树信一卷 3 米多长的黄缎子。宋树信抱上黄缎子直奔西单的一家缝纫社。

缝制新中国第一面五星红旗的重任，落到了这家缝纫社女工赵文瑞的身上。

当宋树信把布交给缝纫社时，才发现黄缎子只有一尺多宽，做最大的五角星不够长。后来，经上级同意，缝纫社的同志在大五角星的一个角接了一个尖，拼接后不细看根本看不出来。

刚从家庭妇女变成缝制工人的赵文瑞，双手接过新的国旗图案，欣喜的泪水夺眶而出。她按照政协会议公布的国旗说明，带领缝纫社的几个姐妹用黄缎子剪出两颗大五角星，八颗小五角星。然后，她们把五角星精确地贴在红布的正反两面，五角比齐对正，一针一线地缝制。长长的彩线，精细的针脚，缝进了赵文瑞和姐妹们对新生活的向往，也缝进了她们对新中国的热爱。

9 月 30 日下午，赵文瑞和姐妹们缝制成的第一面五星红旗被送到了怀仁堂中国人民政治协商会议第一届全体会议会场，送到了毛泽东面前。

共和国第一面五星红旗的诞生就是和这样一群普通人紧紧地联系在一起的。

广场上的 4 米 × 4 米国旗旗杆汉白玉基座是由建筑设计师钟汉雄负责设计施工的。

旗杆是用自来水管焊接而成的。这个创意出自当时负责天安门广场整修工程设计兼施工的负责人林志远之手。北平刚刚解放，在百废待兴之时，要找到适合做旗杆的材料绝非易事。林志远反复考虑，四处打听，最后得知市自来水公司有一些水管可用。他立刻奔赴自来水公司。经勘查，他遗憾地发现只有 4 种不同直径的自来水管，而按当时的技术是无法把两根同等直径的水管焊接在一起的。经测量，四根水管的长度焊接在一起后是 22.5 米，达不到与天安门同等高度的 35 米。林志远把测量后的结果报告给总指挥部。总指挥部确定国旗的旗杆高度为 22.5 米。最后，安装在天安门广场上的旗杆是建设局车辆厂用四根无缝钢管套接后焊接而成的。

设计自动升降装置是急需要解决的第二个难题。林志远找来了建设局从事机电工作的技术员梁昌寿。他们一起设计了一条导线，从旗杆下引出，穿过埋在地下的管道，与天安门城楼上安装的开关连接在一起。为确保万无一失，他们反复奔波在旗杆与城楼之间，进行了无数次的试验，直到万无一失。

1949 年 10 月 1 日，天安门成了全世界瞩目的焦点，一个人民当家做主的新中国诞生了。

下午2时55分，毛泽东等党和国家领导人陆续登上天安门城楼。下午3时整，历史性的时刻终于来临，中央人民政府秘书长林伯渠宣布："请毛主席升旗。"

站在他身边的工作人员意识到这句话有些不周全，赶紧小声提醒道："请毛主席升国旗。"

林伯渠也意识到了，又大声宣布了一次："请毛主席升国旗！"

庄严的代国歌《义勇军进行曲》演奏起来，身材伟岸的毛泽东主席大步走到升旗按钮前面，按下了升旗按钮。

他庄严地向全世界宣布："中华人民共和国中央人民政府成立了！"

这个洪亮的声音震撼了古老的北京，震撼了全中国，震撼了全世界，开创了中国各族人民的新纪元。

第一面五星红旗在天安门广场上冉冉升起！

4

一个人的升旗

搜集完资料，董立敢又一鼓作气，整理出了一份几千字的国旗知识讲稿。后来，又经过指导员和有关领导的把关和充实，终于形成了一份比较完善的国旗知识讲稿。

两个月之后的一天，天津市一个学校的300多名学生来天安门广场搞爱国主义教育。董立敢第一次在学生面前成功地演讲了那份他精心准备的国旗知识讲稿。

从此之后，天安门广场就成了一个名副其实的爱国主义教育基地，国旗班里的每个战士都成了具有专业水准的讲解员。而宣讲国旗知识、激发爱国热情自然而然地也就成为一代代国旗卫士的一项基本任务。

1983 年的那个初春，在整理国旗知识讲稿的时候，董立敢忽然联想到一个问题。

他们部队接管升旗任务之前，升旗任务由北京卫戍区一师负责，听中队长说一师是从 1977 年才开始接管升旗任务的。那么，在新中国成立之后到 1977 年这漫长的 28 年中，是谁负责着天安门广场上的升旗任务呢？

董立敢当时正在考虑着变更升旗方式的问题，这个问题在他脑子里只是一闪念就过去了。后来真正把这件事情搞清楚的是 1989 年入伍的国旗班最后一任班长赵新风。

赵新风是三人升旗方式国旗班的最后一任班长，也是 1991 年成立的天安门国旗护卫队的第一任升旗班班长。后来，离开国旗护卫队之后，赵新风想写一本关于国旗班的书，于是就去寻访一些与天安门广场升旗有关的人和事。

就这样，一个叫胡其俊的人渐渐走进了大众的视野之中。

从此，一段鲜为人知的升旗故事也渐渐被国人所熟知。

开国大典之后，天安门广场上并没有专业的升旗手。

考虑到升旗需要按电钮，而旗杆下基座附近的电机又归北京市供电局负责养护，于是组织上就顺理成章地把升旗工作一道也交给

了供电局。

在最初的一段时间里，天安门广场附近北京供电局的电工陈红年承担了这项工作。一年多后，领导调整工作分工，又把升旗的任务交给了胡其俊。

当时，天安门广场上的国旗并不是每天都升，一般是在一些重大节日或是有重要活动的时候才升国旗。

1951年9月30日，国庆节的前一天，供电局电工胡其俊接到通知，从第二天起由他负责天安门广场上的升旗工作。

当时，胡其俊还是个22岁的小伙子。他知道这个消息后非常兴奋。那天晚上正赶上他值夜班，他怕耽误了升旗，下班后干脆就没有回家。

国旗是从天安门管理委员会领来的。静静的夜里，看着鲜艳的五星红旗，胡其俊心潮起伏。整个晚上，他的脑子里一遍遍地想象着升旗的程序。

当时，胡其俊没有钟表，上头也没有告诉他具体的升旗时间。他完全是凭着感觉认为国旗应该与太阳一同升起和降落。

胡其俊估摸着时间差不多了就从床上爬起来，扛着国旗来到了天安门广场上。

那时候，旗杆基座四周是被护栏封闭起来的一个正方形，没有给升旗手预留出入口。胡其俊必须先跳进护栏内，然后再踩着旁边电机的箱子爬到两米多高的国旗旗杆基座上去。上去之后又发现，除去旗杆占去的位置，基座上的空间很小，脚只能踩在基座的边沿上。

胡其俊用铁丝把国旗绑在旗杆上，然后从台子上跳下来。这时，天才蒙蒙亮，太阳还躲在东方的地平线下。

胡其俊见时间还早，就在基座下面等了一会儿。一直等到东方泛出微红，他才按下按钮。

没有人观看，也没有国歌伴奏，偌大的天安门广场上只有他一个人。

看着五星红旗缓缓地升到了天安门广场上空，胡其俊内心有一种异样的感动。

担心升旗不标准，胡其俊就快步跑到人民英雄纪念碑前看看是否升到顶了。看过之后仍不放心，又跑到天安门城楼上去仔细端详。

就这样，青年电工胡其俊第一次完成了天安门广场上的升旗任务。

走出老远，他再一次回头看着天安门广场上空的五星红旗，内心依然充盈着异样的兴奋和感动。

每到升旗的日子，他都要一大早就骑着他那辆“飞鸽”牌自行车，从右安门的家里出发，一路经过闹市赶到天安门广场，来完成他一个人的庄严升旗。

升旗只是胡其俊工作内容的一部分，他的本职工作还是个电工。但胡其俊却几十年如一日，满怀敬仰之心地来对待每一次升旗。

两米多高的国旗旗杆基座，年轻的时候爬上爬下地不觉得什么，40 多岁之后，他渐渐感到动作不像以前那么利落了，但他依旧认真地对待每一次升旗。夏天的炎热自不必说，要是赶上冬天一下雪，基座上风大又打滑，很难站上去，而且旗大兜风，有时能像帆一样把人卷起来。

赵新风后来听胡其俊回忆说，斯大林去世那年，胡其俊接到降半旗致哀通知。这之前胡其俊没有降过半旗。完全是凭着自己的一种感觉，他先按电钮把国旗升到顶部。然后，再按动电钮把国旗往下降。大概降到旗杆的上三分之一处，再次按电钮，于是国旗就停住了。降半旗任务顺利完成。

想不到的是，胡其俊的这次降半旗操作，后来竟然被写进了《国旗法》，成为我国降半旗的正式标准。

胡其俊在这个光荣的岗位上，一干就是 26 年。

直到 1977 年 11 月 26 日，中国人民解放军北京卫戍区才奉命从他手中接管了天安门广场上的升旗任务。

2007 年 10 月 1 日凌晨，78 岁的胡其俊因病去世。临终时，胡老已经被病痛折磨得忘记了时日。醒来时，他问身边的儿子胡克军："今天几号啊？"

当儿子告诉他是国庆节时，老人用微弱的声音说："该升旗了。"

说完，这位迄今为止在天安门广场上升旗时间最长的旗手便安然辞世。

5

单卡录音机里播放出的国歌

1983 年春天的那些日子，第一任国旗班班长董立敢内心总是涌动着一股股不安分的想法。

在国旗知识讲稿完成之后，他又萌生出了新的想法。

董立敢觉得已经维持了6年之久的两人升旗方式，应该随着改革的春风一起变一变了。

但究竟怎么变才好，一时间他还没有一个成熟的想法。

自从北京卫戍区奉命从胡其俊那里接管升旗任务之后，就一直沿用两人升旗方式。

每天，两名战士并肩从天安门城楼走出。一人扛旗，一人护旗。这期间，两名战士要躲过来往行人和车辆。路线往往是走得曲里拐弯，不成直线。来到广场上，也要和当年胡其俊一样先跳进护栏，然后再通过梯子爬上国旗旗杆基座，把国旗挂在旗杆上，之后再下来按动升旗按钮把国旗升上去。

20世纪80年代初期，中国正处在改革开放的初期阶段，到处都是一派朝气蓬勃的新气象，中国正以一种崭新的姿态展现在世人面前。

董立敢隐隐觉得，这种陈旧的升旗方式无法代表一个日益强大的泱泱大国的威仪和尊严。

最初，董立敢在升旗的人数上动起了脑子。

启发来自于一些当时的画报。董立敢在画报上刊登的外国元首访华的一些图片中发现，三军仪仗队举行欢迎仪式时前边都是三个人，中间一人扛旗，两边的人持枪护卫，昂首挺胸正步前进。

董立敢觉得三人升旗方式比两人升旗方式有气势，也更加正规和威武。

产生这个念头的时候是在深夜。在脑子里想象着三人升旗方式的

威武场面，被窝里的董立敢再也躺不住了。他一下兴奋得从铺上坐起来，打开手电筒把自己的设想用图纸描绘了出来。

战友们觉得奇怪，纷纷起来问班长在画些什么。当副班长高福新看到董立敢画的这一新的升旗方式时，立刻叫起好来。战友们都兴奋起来，有人竟然提议现在就出去练练看看效果。

寂静的夜里，国旗班的战士们悄悄从床上爬起来，正步前行到空无一人的天安门广场，从头到尾地演练了一遍这种三人升旗方式。

大家都有一个共同的感觉：威武!

考虑到从城门到旗杆下距离有些远，董立敢就把走正步的开始地点定在金水桥南端。

第二天早晨升完旗回来，董立敢就向中队长和指导员汇报了三人升旗方式的想法。中队长申美平和指导员张华一致称好。一开始，董立敢没敢说晚上他已经和班里的战士偷偷上广场演练的事情。这个时候，见时机成熟，董立敢就把演练的事情也说了。

申美平和张华听后也很激动。当天晚上，夜深人静的时候，两个年轻的中队干部跟着正步前行的三人升旗小组也上了天安门广场。

演练完之后，他们当场拍板让董立敢写出文字报告呈送到大队部。

之后，这份报告层层上报审批。武警部队的一级级领导也都纷纷叫好，新的升旗仪式就这样诞生了。

1983 年 3 月 1 日，国旗班奉命正式使用三人升旗仪式。升旗方案与董立敢设计的完全一样，中间一人扛旗，一左一右两个护旗手腰间佩带手枪护卫国旗。

当时天气还很寒冷。为了显得精神一些，担任右护旗手的董立敢没有穿棉衣，其他的两个旗手也都学着他的样子把冬装里面的棉衣脱了。从此，国旗班就养成了“冬不穿棉，夏不穿单”的习惯，看起来永远是一副精神抖擞、威武雄壮的干练姿态。

那天早晨，当三人升旗小组迈着威武的正步走过长安街时，路过的民众也都感到耳目一新。来往的行人和车辆自动给升旗小组让出一条通道。

无论是国旗班的战士，还是过往的民众，大家都感到升旗仪式比原来正规了许多。

董立敢也感到自己踢出的每一步都与国家形象联系在一起，内心有一种从没有过的自豪感。

接下来是国歌的伴奏问题。

升旗仪式变了，国旗班战士自己的感觉好了，民众的感觉也好了。

但董立敢还是觉得气势不够。思来想去，董立敢终于找到了原因：升旗的时候应该有国歌伴奏才是。

他把这个想法向中队领导做了汇报，又得到了中队领导的大力支持。

为此中队专门申请经费买了一部单卡录音机。只等着买来国歌录音带，等升旗时在天安门广场上播放。董立敢跑了好多地方，却一直没有买到国歌录音带。

一天，董立敢来到了中央人民广播电台。他找到著名播音员林如说了自己要为国旗班升旗录制国歌的事情。林如对这个年轻的国旗卫士肃然起敬，赶忙找人帮忙把国歌录制了下来。

拿着国歌磁带董立敢如获至宝，当天深夜就在中队领导的带领下提着单卡录音机来到天安门广场上演练。

遗憾的是，一遍国歌演奏结束时，国旗才刚刚升了不到一半。

这怎么能行？

经过反复掐表计算，董立敢终于得出了一个准确的数字，国旗从旗杆底部升到顶部需要 2 分零 7 秒的时间。他再次来到广播电台，经过电台工作人员对国歌录音带进行重新编辑整理，董立敢终于拿到了一盘 2 分零 7 秒的国歌录音带。

从此，每当清晨国旗从天安门广场冉冉升起的时候，雄浑激昂的国歌声就通过那台单卡录音机在广场上播放出来。

接下来，董立敢考虑的就是升降旗的时间问题。按照国际惯例，国旗要与太阳同升降。是啊，象征我们中华人民共和国的五星红旗也应该与太阳同时升降，以前的那种靠大概估计的时间有点有失严谨。为了让五星红旗与太阳一同升降，董立敢带领全班战士把每天太阳的升起和降落时间细心地记录下来，找出规律。

为了更准确地掌握国旗升降时间，董立敢又和战友多次利用节假日休息时间，到北京天文台查阅北京地区一年四季的日出、日落时间，结合国旗班战士自己的观察，编出了详细的全年“国旗升降时刻表”。

从此，天安门广场上的五星红旗每天都是与太阳一同升降。

升旗仪式的象征意义越来越被凸显出来，来观看升旗仪式的人们也越来越多。

1983年8月1日，国旗班换装，改穿礼宾服，新装大檐帽更衬托出了国旗卫士的威武神勇。

清晨一大早，广场上的旗杆基座周围就站满了来观看升旗仪式的人民群众。

5时零9分，三名气宇轩昂的武警战士身着新式警服，以崭新的姿态从天安门城楼中走出。他们迈着矫健的步伐一路向天安门走来。来到旗杆基座下，只听“啪”的一个立定，两个护旗手同时分别左右转，站立在国旗两旁。身着崭新警服的他们恰似两尊橄榄色的玉雕。

5时13分，太阳升起的时刻，升旗手按动电钮，国旗在雨后的晨风中徐徐升起。

人们没有嬉笑，更没有打闹，一切都在庄严神圣的气氛中进行。

人们被一种神圣的感觉打动了，泪水不由自主地流下来。

升旗仪式结束后，董立敢和战友们在国旗下举行了隆重的宣誓活动。

后来，中央电视台把三人升旗仪式的画面作为《新闻联播》片头向全国播出。这种三人升旗方式一直沿用到1991年国旗护卫队正式成立。

从此，国旗班作为一个具有象征意义的群体，以崭新的形象走进了全国各族人民的心里。

6

《国旗法》与国旗护卫队

随着国旗班知名度的越来越高，这个具有特殊象征意义的优秀群体受到世人越来越多的关注和瞩目。

时间进入90年代，随着我国经济的迅速腾飞，我国国际地位日益提高。

一天，上海的一个工程师来天安门看完升旗仪式后，当场表达了自己的一些想法。他认为，以我们国家现有的综合国力和国际地位，应该把代表国家形象的天安门广场上的升旗仪式搞得再隆重一些。他还认为，与新中国成立初期相比，天安门广场及长安街发生了巨大的变化，先后修建了雄伟的人民大会堂、中国革命博物馆和毛主席纪念堂。相比之下，原有的旗杆和基座也就与周边环境不协调了，应该修建新的旗杆和基座。这位具有强烈爱国之心的工程师提出了许多具体的改进设想。

其实，这位上海工程师的想法，也正是武警部队各级领导和国旗班战士的共同心愿。

早在1987年，大家就提出改建广场旗杆和基座的建议。但由于天安门广场地理位置的特殊性，这件事一直悬而未决。1988年，国旗班副班长孙会军又对升旗仪式提出了一个新的设想。他建议三人升旗小组中擎旗手两侧的护旗手由腰间佩带手枪改为怀抱冲锋枪。1990年，已经升任副大队长的原国旗班第一任班长董立敢也提出了要改进国旗升降仪式的设想。

真正促使这件事情被提上议事日程的是一封信。这是一封由江苏省的一位叫李玉坤的人大代表写给全国人民代表大会常务委员会的信。李玉坤在这封信里阐述了国旗对于一个国家的意义，详尽地描述了他对改进天安门广场升旗仪式的一些设想，同时也对广场上旗杆及基座急需改建的客观情况提出了自己的建议。

李玉坤之所以对国旗的事情这么关注，其间还隐藏着一段感人至深的故事。

当年的各大报纸都曾经刊登过这则故事：

1985年6月，李玉坤在中央工艺美术学院进修时的老师，美籍华人罗斯·卡尔女士身患癌症。她在生命的最后一段日子里，带着三个已经加入美国国籍的子女回祖国观光。他们在古城江苏如皋住了一周。临回美国之前，罗斯·卡尔女士一心想找一份珍贵的礼物送给子女做永久纪念。这位身居异国的炎黄子孙为子女选中的礼物是代表我们伟大祖国的国旗——五星红旗。

但遗憾的是，罗斯·卡尔跑了10多家商店，却没有找到一个有五星红旗的地方。后来在李玉坤的陪同下，他们终于在一家小商店里找

到了三面小国旗。如愿以偿的罗斯·卡尔手捧国旗，热泪盈眶，吻了又吻，然后郑重地将红旗交给三个子女。她再三嘱咐三个子女："这是妈妈送给你们的最珍贵礼物。你们一定要牢牢记住，你们永远是炎黄子孙，这国旗就是中国的象征！"

见此情景，李玉坤感慨万千，情不自禁地流下热泪。

后来，担任如皋市丝毯总厂总工艺师的他到美国考察。考察期间，他看到美国大街小巷、城市乡村，到处都插着美国的星条国旗。

李玉坤在信中写道："与之产生强烈对比的是，那年国庆节，我带着孩子跑遍了整个如皋城，也没看到一面悬挂着的五星红旗，这实在是令我感到不安。"

于是，李玉坤提笔疾书，就天安门广场升旗仪式及全国范围内悬挂国旗等问题写出一份议案。

李玉坤的信引起了全国人大常委会和国务院的高度重视。不久，他就收到了全国人大常委会办公厅寄来的信函，信里还附着国务院有关部门向中央领导请示制定《国旗法》的报告。

回信充分肯定了李玉坤议案的重要性。

信中写着："据我们调查，世界各国对象征国家的国旗、国徽、国歌，都制定了相应的法律法规，而我国至今还没有悬挂国旗的法律依据，因此制定这方面的法规刻不容缓。建议由国务院会同全国人大和全国政协草拟悬挂国旗的法律或办法。"

1990年6月28日，全国人民盼望已久的《国旗法》正式颁布。同年10月1日开始实施。

李玉坤的名字从此就与《国旗法》紧密地联系在了一起。

《国旗法》颁布之后，自然加快了天安门广场升旗仪式改革的步伐。在北京市委、市政府和武警北京总队的共同努力下，有关部门批准1991年2月23日开始改建国旗旗杆和基座。

在国旗旗杆和基座的改建问题上，有一个人不得不提，那就是时任北京市政府副秘书长兼天安门管理委员会主任的杨登彦。整个改建过程中，杨登彦起到了有力的协调作用。

社会各界人士也对改建国旗旗杆和基座表现出了极大的热情和关注。首都钢铁厂踊跃请缨，主动包揽了旗杆及基座的修建任务。从原材料到施工，一切都是无偿的。一流的材质，一流的工艺。所有这些，体现出的是广大人民群众对国旗乃至对我们伟大祖国的无限敬仰和热爱。

新落成的旗杆和基座庄重大方，设备齐全。旗杆高达30米。改建后的基座颇有讲究，共分为三层：第一层四周是高80厘米的汉白玉栏杆，东西两边各有2米宽的出入通道；第二层是环绕基座的2米多宽的赭色花岗岩带，象征“人民江山万代红”；第三层是5米宽的绿化带，四季常青，象征社会主义祖国欣欣向荣。基座四周是用56个黄色铜墩连成的护栏，象征着全国56个民族手拉手、心连心，团结在国旗下。

就在天安门广场上的国旗旗杆和基座改建的同时，国旗班内部也在悄悄地发生着一次史无前例的大变化。

1991年3月13日，原来只有10余人的国旗班奉命改编为数十人的国旗护卫队。

武警北京总队全体官兵全力以赴地在为这件大喜事忙碌着。总队

首长指示，要从总队范围内数万名官兵中挑选出政治思想过硬、身体素质优良、军事业务精湛、个头在1.75米以上的优秀士兵，补充到原来的国旗班，组建成近40人的国旗护卫队。

新的升旗仪式中方队人数为36人。其中擎旗手1名，护旗手2名，带队警官1名，护卫队员32名。

不久，国旗护卫队就投入到高强度、高标准的严格训练当中。

原国旗班最后一任班长赵新风说："加班加点、严格训练，虽然是又苦又累，可每当抬头看到升起的国旗，我浑身上下就充满了力量。我们期盼着接受祖国和人民检阅的那一天。"

无论是对国旗护卫队队员还是对武警北京总队的各级领导和有关业务部门来说，那都是一段忙碌而兴奋的日子。

原武警北京总队作勤处参谋、现武警北京指挥学院勤务教研室教授汤光宁回忆说："总队有关业务单位各负其责，相关人员每个人都在尽心尽力地去完成好属于自己的那一块任务。大家琢磨的都是一件事，那就是怎么样才能让新的升旗仪式尽快、尽好地展现在全国人民面前。”

汤光宁所在的作勤处，当时负责的是方队行进中各动作的起始地点和终止地点以及时间分配。他和时任作勤处副处长的胡广才天天跑现场，在多次实地考察和无数次听取一线官兵意见的基础上终于形成了一套最佳方案。

具体分管方队动作要领的训练处有关人员就更是没日没夜地泡在东朝房门口的训练场上，一个动作一个动作地精雕细刻。

1991 年 4 月，一份凝聚着武警北京总队各级官兵共同智慧的题为《关于改进天安门国旗升降仪式》的报告呈送到北京市政府。经市政府批准后又转而飞速呈送到了时任国务院总理李鹏的案头。李鹏总理在百忙中，审阅了这份既饱含着武警北京总队官兵心血又满载着全国人民殷切热望的报告，批准当年 5 月 1 日开始启用新的升旗仪式。

消息传开，整个武警北京总队欢欣鼓舞。

1991 年 4 月的最后一天，与祖国相伴了近 42 年的老国旗旗杆光荣“退役”，时任国旗班班长的赵新风与两位战友一起为它完成了最后一次降旗。

退役的老旗杆和基座被放进了中国革命博物馆，成为一段与国旗有关的永远记忆。

五一国际劳动节这天，天安门广场启用新的国旗旗杆，赵新风又亲手按下电钮为它升起了第一面五星红旗。

同年十一国庆节，中央电视台首次将天安门广场上的升旗仪式通过卫星向全国及全世界60多个国家和地区进行现场直播。国旗护卫队队员护卫着五星红旗走出天安门城楼的画面，再次成为中央电视台《新闻联播》节目的片头。

新的升旗仪式分为节日和平日两套升旗方案，节日升旗俗称大升旗。每逢重大节日以及每个月的1日、11日、21日为大升旗，升旗时配有60名军乐队队员奏国歌。平日升旗为小升旗，播放国歌录音。2006年6月1日起改为重大节日及每月1日为大升旗，其余时间为小升旗。

《国旗法》规定：不得升挂破损、污损、褪色或者不合规格的国旗。为确保国旗的圣洁和完整，天安门广场上空的国旗每天都要更换一面。

1993年10月1日，经北京市委、市政府和武警总部批准，国旗护卫队官兵更换新式执勤服装。这次换装配发了武警校官大檐帽，帽檐上镶嵌着灰色金属橄榄枝花纹。新式上衣外沿领口镶嵌红色牙线。上衣与裤子的装饰线以及武装带分别加宽。统一着马靴、马裤。

另外，这次换装的同时，还给国旗护卫队带队警官配发了指挥战刀。32名护卫队队员则统一改用特制的镀铬礼宾枪。

国旗卫士以全新的形象再次给国人留下深刻印象。

第二章 / 光荣与梦想

1

青春无悔

凡是到天安门广场看过升旗仪式的人都有一个共同的感觉：我们的国旗护卫队队员真是太威武、太英俊、太富有男性魅力了。继而，脑子里又会产生出一个个的疑问：

他们当初是靠着一种怎样的机缘，才能走进这支遐迩闻名的队伍，成为一名与国旗相伴的国旗卫士的呢？

他们的威武和那种深入骨髓的男性魅力是一开始就具备的吗？

队员们的亲口讲述，为我们打开了一扇扇青春的记忆之门。

我们发现，这些在民众眼里几乎是“超人”一般的国旗卫士参军前也都是一些普通的社会青年。在他们的叙述中，我们看到的是一个个再熟悉不过的邻家大男孩。除了个子比较高之外，他们有着这个时代的邻家大男孩所具备的一切特点。他们都刚走出中学校门不久，经历单纯，没吃过苦头。他们也都是父母的心头肉和掌中宝，捧在手里怕碰着，含在嘴里怕化了。

同时，这些小男子汉又都满怀理想，对未来充满了向往和憧憬。他们都有一个共同的愿望，那就是把绿色军营当做自己实现人生理想的第一个起点，渴望着到这座大熔炉里磨炼锻造一番。

就这样，不知不觉中，在他们自己也完全没有意识到的情况下，他

们离国旗护卫队越来越近了，以至于当他们真的成为国旗护卫队队员之后，连他们自己也怀疑这一切究竟是不是真的。

每个国旗护卫队队员在正式进驻东朝房之前，都经历了一段精彩的故事。是一个个的偶然促成了最后的必然，最终使他们成为光荣的国旗护卫队队员。

他们在 18 岁的人生十字路口选择了军营，他们又在跨进军营的同时迈进了光荣的国旗护卫队的行列里。

青春无悔，无悔的青春！一切源自偶然，一切又都是必然。

经历了一个从社会青年到国旗护卫队队员的演变过程，他们最终成为一个个成熟干练的真正男子汉！

1991 年底，一年一度的征兵季节到了。为了给国旗护卫队补充新鲜血液，武警天安门警卫大队第一次开始在征兵时就着眼替国旗护卫队物色合适的兵员。

这次带队出马的是副大队长杜新华，目的地是山东文登。

说起杜新华，他可是国旗护卫队的老人了。还在国旗班时代，这个来自河南的中原汉子就是直接领导国旗班的排长。到国旗护卫队成立之前，他已经在国旗班所在的中队当了四年的中队长。国旗护卫队成立之后，他又是第一任中队长。眼下，刚刚担任副大队长的他主要的工作任务就是分管国旗护卫队的日常训练工作。

这次征兵，责任重大，杜新华铆足了劲要把最好的兵带到警卫大队来。

毕建帅是杜新华头一眼就看上的兵。小伙子身高 1.84 米，既憨厚朴实又不乏灵活，还打得一手好篮球，身体协调性是没的说，是块进国旗护卫队的好材料。

就在杜新华相中毕建帅的同时，18 岁的毕建帅也暗暗地相中了杜新华，准确地说他是相中了杜新华的这支部队。

杜新华一行身上透出的特有军人气质深深地吸引了他。透过他们的一言一行，毕建帅感到这不是一支普通的部队。

他被这支部队深深地吸引了。

去文登带兵的杜新华一行一共是八个人。与其他兵种的接兵干部不同，这八个人个个都给毕建帅留下了极为深刻的印象。他们身高都在 1.80 米以上，身穿礼宾大衣，手戴雪白手套，走起路来气宇轩昂，军人气质被体现得淋漓尽致，无论走到哪里都是那么令人瞩目。

那时，毕建帅只知道这支部队是北京的武警部队，并不知道进了这支部队将来就有可能进国旗护卫队。

但即便这样，他也已经在心里打定了主意，当兵就要当这样的兵。

那些天，只要一去征兵现场，他的眼神就没有离开过杜新华他们八个人。

过了一关又一关，毕建帅的身体一切合格。

一天，杜新华把他精心挑选的一些兵带到了招待所的宿舍里。这其中就有毕建帅。

一进门，毕建帅就惊呆了。带兵干部的被子都叠成一个个整整齐齐的“豆腐块”，桌子上的茶杯也都整齐地排着队。屋子里更是干净得一尘不染。

联想到刚才路过其他兵种接兵干部房间门口时看到的情形，毕建帅更是坚定了要去这支部队当兵的想法。

毕建帅高高兴兴地回了家。他把自己的想法告诉了父母。曾经在三军仪仗队当过 5 年兵的父亲一听就明白了，儿子去的武警北京总队正是自己的老部队。这位离开部队的老兵知道这个消息后心情十分复杂。儿子能够延续他年轻时的事业，他感到十分惊喜；但同时他也深深地知道这不是一支普通的部队，进了这支部队，就意味着要付出更多，要吃一番苦头，经历一番历练。他担心娇生惯养的儿子会吃不消，扛不住。

毕建帅的父亲犹豫了。考虑再三，他建议儿子放弃自己的想法，选择去别的普通部队当兵。

毕建帅死活不同意，坚决要跟着杜新华走。

家访的时间到了，杜新华来到了毕建帅的家里。毕建帅的父亲一看到军容严整的杜新华，马上就联想到了自己当兵时的情景，一种久违的亲切感油然而生。

尽管这样，毕建帅的父亲还是对杜新华说出了自己的担忧。听了毕建帅父亲的一番话，杜新华说："如果将来小毕能进国旗护卫队，那不光是他一个人的光荣，也是你们全家人的光荣，更是咱们胶东人的光荣。至于训练上要吃些苦头，您完全不用太过担心，现在我们有一整套科学的训练方法，一切都建立在身体能够承受的范围之内，从国旗护卫队里走出来的小伙子，将来无论去做什么都是好样的！"

毕建帅的父亲有些被说动了。正在这时，一边的毕建帅又一次表白了自己的决心。最了解儿子的毕建帅的母亲这时也站出来劝自己的丈夫，她说："将来的路靠他自己走，既然儿子想去，就让他去吧，免得将来落埋怨。"

就这样，毕建帅成了那年杜新华在文登带的80个兵里的一分子。

然而，事情到这里并没有结束。到了新兵训练基地之后，毕建帅又面临着一次新的选择。

刚开训没几天。一天，和新战友们刚结束一上午训练的毕建帅走在回宿舍的路上，一个干部模样的人走上前来叫住了他。来人自称是武警总部体工大队的，他说他在训练场上观察一上午了，觉得毕建帅应该是块练散打的好材料，问他愿不愿意跟着他去体工大队当运动员。

面对这一突如其来的新情况，毕建帅有点蒙了。

正在他不知如何表态的时候，那人提出让毕建帅做几个简单的动作考一考他。毕建帅按照那人的吩咐做了，先是跳起来摸到了一根很高的树枝，又趴在地上一连做了几十个俯卧撑。正在那人又让毕建帅跳高的时候，杜新华从远处走了过来。

杜新华以找新兵谈话为由把毕建帅叫到了一边。

见离那人远了，杜新华压低了声音对毕建帅说："你说，你是想留下来做一名国旗护卫队队员，还是想去做一个运动员？"

毕建帅说自己当然想留下来。

杜新华又说："想留下来就不要那么卖力地给他做动作。他要是再

让你做，你就乱做一通，不要让他挑上你。”

毕建帅乐了，还是副大队长有办法。

就这样，留下来的毕建帅经过一关又一关，终于走进了东朝房的国旗护卫队，成了升旗方队的一员。

后来，他曾经在国旗哨上留下过一张被亿万国人熟悉的照片。风雪中的他一身挂满雪花，但他依然巍然不动地站在自己的哨位上。

再后来，毕建帅因在国旗哨站哨时果断勇敢地处理了一起突发事件荣立二等功一次。

现如今，已经成为武警天安门支队另外一个大队的副大队长的毕建帅依然对国旗护卫队充满了感情。

他说：“是国旗护卫队成就了我的人生理想，使我成为一名真正的男子汉。”

2

“国旗之子”的选择

改写“国旗之子”陶维革人生命运的那件大事发生在1984年10月1日。

那天，17岁的陶维革和同学们一起在电视机旁观看天安门广场上的新中国成立35周年大型阅兵式。

那是继1959年国庆阅兵之后的又一次大规模的国庆阅兵，也是我国改革开放以来第一次向世界公开展示自己的武装力量。

随着雄壮的《解放军进行曲》，三军仪仗队、海陆空部队、武警部队以及军事院校等8个步兵方队和装甲车、导弹、坦克等4个机械化方队依次通过天安门城楼前。由94架轰炸机、强击机和歼击机组成的飞行编队依次飞过天安门上空，场面十分壮观。

这次阅兵，动用总兵力1.7万人，所展示的武器都是我国自行设计制造的，充分显示了改革开放以来我国经济发展带动国防建设大发展的空前盛世。

眼前庞大壮观的阅兵场面，把电视机前的陶维革看呆了。他大睁着一双渴望的眼睛，想象着大山外面的那个神奇世界。

陶维革的祖籍是湖北黄冈，号称大别山区，是著名的革命老区。战争年代，这里曾经造就了许多老红军和老将军。无数从这片土地上走出去的前辈为革命抛头颅洒热血，许多可歌可泣的英雄事迹至今仍被人们传颂着。

新中国成立后，这里每年都要向部队输送一大批优秀儿女。

陶维革上面有三个哥哥，他们都在外地上大学。观看阅兵式之前，陶维革的理想也是上大学，准备将来用知识去报效祖国。

但看完雄伟壮观的阅兵式之后，陶维革的主意就发生了变化。当兵参军的念头在他的脑海里深深地扎下了根。

当年10月，征兵工作开始了，陶维革毅然去报了名。

报名参军的事情陶维革是瞒着母亲的。母亲希望陶维革能够考大学，他怕母亲会不同意他去参军，所以就来个先斩后奏。

那一年部队在黄冈招收的兵种有陆军、海军和空军，也有北京的武装警察部队。

一想到雄伟的天安门和威武盛大的阅兵式，陶维革毅然选择了后者。

人武部的领导见陶维革年龄偏小，就对他说："当兵可是要吃苦头的，你能行吗？"

陶维革一听急了，还以为是这位领导看不上自己，就说："我从小就生活在农村，是在泥巴里长大的，吃什么苦我都不怕！"

见陶维革着急的样子，人武部的那位领导满意地笑了。

几天之后，陶维革如愿拿到了武警北京总队的入伍通知书。

当他把这个消息告诉父母时，他们都大吃一惊。他们先是惊讶和不解，接着又是阻拦和劝说。在陶维革的父母眼里，这个小儿子还是个小孩子，他们担心他不能适应部队的艰苦生活。

但陶维革却是铁了心。

最后，见劝说无效，陶维革的母亲只好说："那就随你吧，到了部队上不要因为想家哭鼻子。"

陶维革笑了，说："我才不会哭鼻子呢，我已经长大了。"

看见最小的儿子也懂事了，成了一个有主见的男子汉，陶维革的父母心里都十分高兴。

就这样，1984年11月，陶维革终于如愿以偿参军来到了首都北京。

坐了一昼夜的火车，陶维革和新战友们一起到达了首都北京。他们这一批黄冈来的新兵，被补充到武警北京总队驻首都工人体育场新训二大队。

很快，一个消息就在新兵中传开了。说是新兵训练结束后有可能会被分到天安门广场上去执勤。

知道这个消息后，陶维革心里别提有多高兴了。

天安门广场不光是盛大阅兵式举行的地方，还是五星红旗升起的地方。记得早在小学一年级的时候，他的小学老师刘萍就给他讲过五星红旗的来历和天安门的壮观。刘老师还把这些知识编成儿歌教同学们传唱。所以，陶维革从小就知道五星红旗是国旗，知道天安门广场上飘扬着一面鲜艳的五星红旗。

为了能够去天安门广场上执勤，陶维革训练的劲头更足了。

他说：“能够到天安门广场上站岗执勤是无上光荣的，既然我现在有这样的机会，就要刻苦训练，实现自己这一愿望。”

三个月后，新兵连训练结束，天安门警卫中队副指导员杜东学来到新训二大队挑选去天安门广场执勤的战士。

其实，早在平时的部队会操和训练检查时，陶维革就给杜指导员留下了深刻的印象。这次来，他只有一个目的，就是要把陶维革带走。

奇怪的是，杜指导员围着新兵队伍转了好几圈，也没有发现陶维革的影子。

那个给他留下深刻印象的大个子新兵到底去了哪里呢？

原来，新训二大队知道陶维革军事素质好，人又勤奋刻苦，于是也想把他留下来。听说杜东学要来挑兵，近水楼台的他们就想把陶维革藏起来，故意安排陶维革到工人体育场的看台顶层去“训练”。

在看台顶层的陶维革当然明白双方的用意。一心要去天安门广场执勤的他故意来到看台边上往下看。

杜指导员终于发现了看台上的秘密，匆匆跑上看台。

当他一眼看到陶维革时，马上就说：“我要找的兵找到了。”

陶维革就这样来到了当时的天安门警卫中队。后来又几经筛选，终于成为一名国旗卫士。

知道这个消息的当天晚上，陶维革给父母写了一封信。在信中，他向父母报告了这个喜讯。

写信封的时候，他在地址一栏的“警卫中队”后边特意加上了“国旗班”三个字。

看着这三个字，陶维革感到一种无上的光荣涌上心头。

3

被班长藏起来的国旗护卫队队员

侯常伟和毕建帅是一批的兵，也是当时任副大队长的杜新华 1991 年底从山东文登带来的兵。

与毕建帅的一开始就“明白”相比，侯常伟刚开始的时候并不知道这支看上去很不一般的部队里有个国旗护卫队，也没有把自己的人生命运和威名远扬的国旗护卫队联系在一起。

侯常伟是进了新训基地之后才渐渐知道国旗护卫队这码事的。

武警北京总队的新训基地坐落在北京远郊的一个小镇子上。每年新兵带回来之后，整个总队的上万名新兵都要在这里进行新兵集训。

将来补充进国旗护卫队的几十名新兵就出自这上万名新兵之中。

挑选任务并不是一次完成的。每一个训练阶段结束之后，都会看到副大队长杜新华在队伍四周走来走去的。看上谁，就会把谁叫出来，集中到一边的一个小队伍里。

毋庸置疑，被挑选出来的人都是将来进国旗护卫队的种子选手。但有一点要指出的是，千万不要认为，一旦被挑选出来就一定能进驻东朝房，成为国旗护卫队的一员。因为整个新训过程是一个挑选的过程，也是一个淘汰的过程。直到离开新训基地的最后一刻，被选中的人随时都有被淘汰的可能。

是否能被留下来，一切都取决于队列动作和个人综合素质。

在通往国旗护卫队的道路上，侯常伟经历了一段颇为有趣的故事。这一切说起来都与一个姓迟的班长有关。

迟班长是侯常伟新训时的班长。来新训基地带新兵之前，迟班长是故宫中队的班长。临来的时候，迟班长的排长曾经反复交代过他，让他多个心眼，把中意的新兵多带回来几个，到时候放在故宫里执勤给故宫中队长长脸。

迟班长牢记着排长的话来到了新训基地。他像杜新华当初一眼就选中了毕建帅一样，也是一眼就选中了班里的侯常伟。18 岁的侯常伟

身高 1.88 米，刚训练了没几天，队列动作就做得有模有样了。

迟班长认定了侯常伟是个好苗子。

训练的时候，他一边看着身姿挺拔的侯常伟，一边想象着将来侯常伟在故宫里执勤时的威武情形。

迟班长美滋滋地想，把这样的兵带回去排长一定会高兴的。不光是排长高兴，这么大的个儿往那儿一站，也会给故宫中队添彩。故宫是什么地方？每天都要接待成千上万名中外游客，再往大里说一些，那也是壮我军威、扬我国魂啊！

迟班长越想心里越美，越想越是下决心要把侯常伟带到故宫中队去。

当班长的时间久了，总是能对领导的意图猜出个一二来。每当杜新华要替国旗护卫队挑兵的时候，事先听到风声的迟班长就会想办法以各种理由把侯常伟藏起来。

第一次挑兵的时候，迟班长让侯常伟待在宿舍里给大家整内务。

第二次挑兵的时候，迟班长又让侯常伟待在宿舍里给大家洗衣服。

到了第三次挑兵，迟班长干脆就让侯常伟在宿舍里背诵故宫执勤规定。

新兵训练安排得非常紧凑，不参加训练是要落下训练科目的。千万不要以为迟班长是个不负责任的班长，为了不影响侯常伟的训练成绩，迟班长总是利用休息时间把侯常伟叫到仓库里偷偷地给他补课。直到侯常伟把落下的动作做得十分到位才肯罢休。

眼看着国旗护卫队挑选的几十个新兵就要凑齐了，新训工作已经接近尾声，迟班长心里一天比一天美，也一天比一天踏实。

谁知，意外到底还是发生了。

分兵的前一天，新兵们最后一次集中在操场上训练。所有新兵都拿出自己的浑身解数，把三个月来所学到的本领尽可能地展示出来给大家看。

迟班长突然发现情况不妙，副大队长杜新华站在操场旁边用鹰一样的目光扫视着操场上的新兵们。

突然，副大队长的目光停留在了侯常伟的身上。

看到侯常伟的第一眼，杜新华像是被电了一下。奇怪？这个兵怎么以前没见过呢？再仔细一看，又觉得这个兵有些面熟，如果没有错的话，这个兵也应该是自己从文登带回来的。

盯着队伍里的侯常伟做了几个动作之后，杜新华更加纳闷了。这个兵条件不错，队列动作也做得很出色，自己以前怎么就没有发现他呢？

在护卫队已经挑选的兵里有一个不是太理想，身高有点欠缺。杜新华当即就做出一个决定，他要让这个兵去把那个兵替换下来。

在实施这个决定之前，杜新华打算先把这个兵叫出来简单地考核一下，看看他究竟是不是那块料。

想到这里，杜新华就冲着训练场上喊道："十排右数第九个兵，出列！"

当侯常伟意识到杜副大队长喊的那个兵就是自己时，他内心涌起一阵激动。他隐约感到自己进国旗护卫队的机会来了。

这些天，杜副大队长给国旗护卫队挑兵的消息早就传开了。侯常伟当然也想去，但却一直没有机会。每次挑兵，班长都想办法把他藏

起来。对迟班长的做法，侯常伟也能理解。迟班长这么做一是看得起自己，二也是为了自己好，所以他也不好说什么。但从心底里来说，他还是想去国旗护卫队，想去为祖国升旗。在他心目中，能进国旗护卫队，每天为祖国升旗，那是无上光荣的事情。

侯常伟兴冲冲地走出了队列。

就在杜新华把侯常伟叫出队伍让他做几个动作的时候，已经看到这一切的迟班长内心是万分的焦急。他不想让自己几个月来的心思白费，于是灵机一动，他赶忙跑到了杜副大队长的身后。

杜副大队长下口令让侯常伟做几个队列动作。还没等侯常伟做，站在杜副大队长身后的迟班长就开始冲他挤眉弄眼。侯常伟明白迟班长的意思，他是想让自己不要把动作做得太标准，免得被国旗护卫队挑走。

虽然侯常伟很想去国旗护卫队，可一想到迟班长平日里对自己的那些好处，也就磨不开面子去违背他的意思。

于是，侯常伟的几个动作就做得有些稀拉，和刚才在队伍里的样子完全判若两人。

杜新华又纳闷了。真是奇怪，这个兵到底是怎么了？难道是因为紧张？我自己不厉害呀，他怎么会发挥得这么差？

杜新华让侯常伟把几个动作再做一遍。这回杜新华终于发现了问题。他看到侯常伟在看着他的同时，眼神还时不时地越过他看着他身后的什么人。

杜新华转过头，一眼就看到了比他还要忙活的迟班长。

队伍里的兵们哄堂大笑起来。杜新华终于明白了，原来这个班长也在打这个新兵的主意，想把他带到故宫中队去。

杜新华什么也没说，就把侯常伟叫到了操场一边的办公室里。

关上门，杜新华就对侯常伟说：“把刚才的动作再给我做一遍。做之前，给你三分钟时间考虑。我要告诉你的是，目前你只有两个去处，要么留在新训基地喂猪，要么去国旗护卫队升旗。”

侯常伟太高兴了。他终于有了选择的权利。他认认真真地把几个队列动作又做了一遍。最后，他选择了去国旗护卫队升旗。

临离开新训基地的时候，侯常伟才知道，新训基地压根就没有什么猪圈，一切都是杜副大队长的计谋。

后来，走进国旗护卫队的侯常伟成长为护卫队里令人瞩目的左护旗手。

4

金水桥上的父子握手

现任副大队长的王丙乾，曾经是国旗护卫队的第 11 任队长。

说起当初进国旗护卫队的经历，他不由得提到了自己的父亲。

还是在 1990 年的时候，由于王丙乾的弟弟生病，父母带着弟弟来北京的大医院做手术。在弟弟住院的那些日子里，父母每天都途经天安门广场来往于医院和住处之间。

一天早晨，当王丙乾的父母又一次途经天安门广场的时候，正赶上升旗时间。当时还是国旗班时代，国歌声中，王丙乾的父母被庄严的升旗仪式震撼了。王丙乾的父亲满怀憧憬地对身边的妻子说："要是咱们丙乾将来也能到这里当兵就好了，不光他光荣，我们全家也跟着光荣。"

王丙乾的母亲觉得丈夫的畅想好是好，可就是有些不切实际。儿子一直有去当兵保卫国家的远大理想，可中国这么大，部队这么多，怎么会正好被分到天安门广场上来升旗？

于是，王丙乾的母亲就嘲笑自己的丈夫说："我看你是做梦娶媳妇——净想好事了。"

父亲还沉浸在自己的美好想象里，他坚信这一切有希望成为现实。一时间，远处旗杆下那个威武的升旗手仿佛幻化成了儿子的身影。王丙乾父亲的脸上露出了满怀憧憬的微笑。

一回到河北衡水的老家，父亲就拍着王丙乾的肩膀，把他在天安门广场上的所见所闻告诉给了13岁的儿子。

父亲对王丙乾说："儿啊，当兵就要像天安门广场上国旗下的兵那样，时时刻刻捍卫国旗的尊严，扬国威壮军魂！"

在父亲的反复描述中，天安门广场上的升旗兵已经深深地印到了王丙乾的脑海里。但同时王丙乾也知道，即便是自己将来能够验上兵，被分到天安门广场上的几率也很小，正如母亲所说，中国那么大，部队那么多，怎么会有那么巧的事？

但无论怎么说，当一个天安门广场上的升旗兵，已经成为他内心的一个情结。

日子在一天天过去，王丙乾也在一天天长大。冥冥之中，他距离那个童年时就深深扎根于心的梦寐以求的理想越来越近了。

1994 年 12 月，17 岁的王丙乾已经长成了一个身高 1.86 米的英俊小伙。带着童年的那个理想，王丙乾应征入伍。当知道他要去的部队是武警北京总队时，他激动得快要跳了起来。临离开家乡的时候，他没有感到丝毫忧伤，满心里都是对绿色军营的向往，对国旗护卫队的向往。

然而，事情并不是一帆风顺的。在新训基地的头三个月里，他没有听到任何关于国旗护卫队的事情。作为一个新兵，他不好多问什么，只是铆足了劲把队列动作练得好上加好。

临离开新训基地的前一天，王丙乾所在的八支队组织队列会操。身为队列班排面长的王丙乾站在队列里十分引人注目。

站在队伍后面的一双眼睛，隔着一排排的新兵锁定了队列中的王丙乾。这人就是时任国旗护卫队队长的陈杰。

盯着队伍里的王丙乾，看着他把一套动作做下来，陈杰的脸上露出了满意的微笑。

会操结束后，王丙乾被陈杰从队列中叫了出来。他一看到陈杰队长那高大的身材和标准的军姿，一颗心激动得不由得怦怦跳起来。

一个深藏于心的预感悄然而至。

果然，走到王丙乾跟前的陈杰队长问他愿不愿意到国旗护卫队去。

王丙乾实在是太激动了，竟然一连说了好几个愿意。

就这样，王丙乾成了国旗护卫队的一员。这是他梦寐以求的愿望。那天，一下了操，他就跑到磁卡电话机旁给父亲打了个电话。他迫不及待地把这个消息告诉父亲。电话那边的父亲激动得半天说不出话来。过了老半天，父亲用颤抖的声音说："儿啊，这是咱们全家人的光荣，你一定要好好干，到时候我去看你升旗！"

王丙乾时刻牢记着父亲的谆谆教导，他不怕吃苦，刻苦训练，时时处处都走在前面。很快，他就成为方队的右护旗手。

第二年的五一节，父亲真的带着母亲来看他升旗了。接到父亲电话的时候，王丙乾和父亲约定好升完旗后父子俩在金水桥上见面。

那天，王丙乾的父亲一大早就来到了天安门广场上。看着怀抱礼宾枪的儿子护卫着国旗随着威武的升旗方队从天安门城楼里走出来，这个朴实的乡间汉子激动得热泪盈眶。

那一刻，他感到无比的自豪和骄傲。

升旗仪式结束后，王丙乾的父亲按照事先的约定来到了金水桥上。

时隔许多年，王丙乾至今都还记得父亲当时的神情举止。看到自己从天安门城楼里走出来之后，父亲大步流星地向他走来。

父子俩在金水桥上相见了。这是自从王丙乾参军以来的第一次父子相见。父亲的一个举动让王丙乾终生难忘。当兵之前，父亲每次和他说话时，都会用手摸着他的头或是拍着他的肩膀，然而这一次却没有。父亲远远地迎上来，伸出两只手紧紧地握住了他的手。

那场面，完全像是两个领导人之间的亲切会晤。

父亲说出的话也和以往不一样，父亲说："儿啊，部队领导把你放在国旗护卫队的岗位上，是对你的高度信任，更是咱全家人的光荣，你一定要好好工作，干出点儿成绩来。”

王丙乾没有辜负父亲对他的殷切嘱托。他以自己优良的军人素质和坚韧不拔的毅力，在国旗护卫队从一个兵踏踏实实地干起，最终成长为一名优秀的中队长。这期间，他当过班长，提干后又相继当过排长、副指导员、副队长。在每一个岗位上，他都尽职尽责，时刻牢记组织的信任和父亲的叮嘱。

这些年来，王丙乾共三次荣立三等功。

自古忠孝难两全。

2004 年 3 月 10 日下午，当时任副指导员的王丙乾从天安门广场执勤回来，时任指导员的王晓压抑着悲伤告诉他一个沉痛的消息：“刚才接到你弟弟瞒着你母亲打来的一个电话，说你父亲因脑溢血去世了。”

说着，王晓就把一张火车票塞到了王丙乾的手里，对他说：“你赶快收拾一下回去吧。”

听到父亲去世的消息，王丙乾心如刀绞，眼泪忍不住地流了下来。

最初的一瞬间，他不相信这是真的。怎么可能呢？就在几天之前，父亲还给他打过电话。电话里，父亲还是那句老话，叮嘱他好好干出点成绩来，为全家人争光，为祖国争光。

想不到，那竟成了父亲的遗言。

父亲走得太突然了，自己这个当儿子的还没有来得及孝敬他老人家。想到父亲已经永远离开了自己，王丙乾既伤心难过又内疚惭

愧。

此时，作为家中的长子，他是多么想立刻就回到老家，给父亲办个体体面面的葬礼，最后送父亲一程。但一想到中队里的工作，王丙乾伸出去的手又缩回来了。

此时，正值“两会”期间，是安全警卫工作最紧张、最关键的时候。中队里的所有官兵都是连轴转，在这个节骨眼上，自己怎么能回家呢？

王丙乾毅然决然地选择了留下。他让通信员悄悄地去把火车票退了，又投入到紧张的执勤工作当中。

直到“两会”警卫任务完成之后，王丙乾才匆匆赶回老家。此时，他和挚爱他的父亲已是阴阳两隔，一个坟外，一个坟内。

坐在父亲的坟前，王丙乾对坟内的父亲说了一整天的话。

他对挚爱着的父亲说：“爹，儿子虽然长得人高马大，却没有给您点一支烟、倒一杯茶，也没有给你挑一回水、热一回炕，儿子对不起您啊！”

泪水又止不住地从王丙乾的眼睛里流了出来。

他抹一把泪水，又接着对地下的父亲说：“爹，儿子虽然是个不孝的儿子，但儿子却时刻牢记着您老人家的嘱托，儿子对得起祖国和人民，也对得起国旗卫士这个光荣的称号。”

说完之后，王丙乾就把他用过的一副手套和一张“两会”期间立功受表彰的照片埋在了父亲的坟前。

隔着厚厚的坟头，王丙乾仿佛听到了父亲在地下发出的欣慰笑声。

临离开父亲坟墓的时候，王丙乾绕着父亲的坟走了几圈正步，算是对父亲在天之灵的一点安慰。

他在心里向父亲真情表白："爹，请您老放心，我一定终生牢记您老的嘱托。为了国旗的荣誉和尊严，我将义无反顾，什么都可以付出，哪怕是自己的生命。"

5

升旗手的参军路

2002 年入伍的高红甫已经在国旗护卫队当了 7 年升旗手了。7 年里，他的沉着、大气和稳重给国人留下了极其深刻的印象。

没错，他就是那个每天早晨奋力挥臂把国旗撒向蓝天的升旗手。他的这一动作反复地出现在荧屏上，成为升旗仪式的一个浓缩了的经典性动作。

每天清晨，随着他的奋力一挥，鲜艳的五星红旗在国歌的伴奏下冉冉升起。一同升起的还有亿万华夏儿女的自信心和自豪感。

这些年来，高红甫的一张典型的中原汉子的国字脸已经被国人牢牢地记在了心里。

看着他奋力一挥的威武雄姿，人们禁不住对他的过去产生了浓厚的兴趣。记得有一次，一个来国旗护卫队参加完爱国主义教育的小学生问高红甫："叔叔，你是不是小时候就会升旗呀？"

高红甫一下笑了，忙说："我像你这么大的时候，还没有来过北京呢。"

于是，高红甫给这个小朋友讲起了他由一个乡间少年成长为一个光荣的升旗手的经历。

1985 年，高红甫出生在河南滑县的一个叫高寨村的村子里。高红甫是爷爷奶奶的心肝宝贝，一直是在他们的呵护下长大的。

17 岁那年，憨厚、腼腆的高红甫已经长成了一个身高 1.89 米的大小伙子。

受中原传统文化的熏陶，高红甫从小就立下了当兵保国的远大理想。

但是，在爷爷奶奶的心目中，17 岁的高红甫还是一个小孩子。一听说宝贝孙子要去当兵，两位老人流露出了一百个不放心。

爷爷说："孩子，你年纪还小，当兵很苦的，还是过几年再说吧。"

奶奶把一个滚烫的煮鸡蛋塞到了孙子的手里，说："红甫啊，还是不要去当兵了，奶奶一天看不到你就想得慌。"

此刻，高红甫十分理解爷爷奶奶的心情，但他的性格里却有一股子坚韧不拔的执著和倔强，认准的路就一定要走到底。

这时，征兵工作站又传来了武警北京总队要兵的消息，高红甫更是吃了秤砣铁了心，一心要出去闯荡一番。

高红甫拉着父母一起给爷爷奶奶做工作。在他的一再坚持下，爷爷奶奶含着泪答应了。

令高红甫万分高兴的是，武警北京总队来带兵的几位领导似乎对他格外关注，亲自到他家里来家访，还问了高红甫很多问题。当问他知不知道天安门广场每天升国旗的事情时，高红甫点头说知道。部队领导接着又问他知不知道有一个专门负责升国旗的国旗护卫队，高红甫茫然了。

这是高红甫第一次听到国旗护卫队这个神圣的名字。

几乎是立刻，他就对这支部队充满了崇拜和敬仰之情。

当然，在高红甫的心目中，国旗护卫队太神圣也太神秘了，他没敢把自己与国旗护卫队联系在一起。在他看来，自己能去北京当兵就已经够幸运了。他发誓，等到了北京之后一定要抽时间去天安门广场看一次升旗。

高红甫如愿了，他接到了武警北京总队的应征入伍通知书。一个晚上，他和40多名新战友一起登上了去北京的火车。在火车上，一个带兵的班长向高红甫透露了一个令他十分振奋的消息。班长告诉他，像他这样的大个子是有希望被选进天安门国旗护卫队的。

高红甫兴奋得一夜没有睡着觉。

天亮时分，火车进站了。

来接站的是部队的大轿子车。高红甫满心希望大轿子车能把他直接拉到天安门的国旗护卫队里去。坐在车上，他两眼急切地看着窗外，寻找着那些以前在电视上看到的天安门广场的标志性建筑。

高红甫的心突然狂跳起来。他看到了宏伟庄严的天安门城楼，看到了人民领袖毛泽东的画像，还看到了广场上那高高的国旗杆。

“到了，到了！”高红甫忍不住激动地喊起来。

然而，车子却并没有停下来，穿过长安街一路向远处开去。

清晨的北京静静的，车子似乎没有要停下来的打算。

坏了，出城了。看着道路两边初冬灰蒙蒙的田野，高红甫的心里凉了半截。他心里有一种失落的感觉。

这哪里还是北京？简直是和老家一样的农村。

车子开进一个四周都是田野的大院子，总算是停了下来。看着这个空荡荡的大院子，高红甫茫然了。

接下来的是新兵训练。在训练中，高红甫找到了乐趣。他渐渐地忘却了没有去成北京城的那份落寞和失意，把所有心思都投入到训练之中。

正如一位哲人所说，希望总是会在最不经意的时候突然降临。一天，高红甫被通知去队列新训排报到。40 多个同乡只有他一个人被选上了。到了新训排一看，被选上的竟然都是 1.80 米以上的大个子。

一种隐隐的期待和预感在高红甫心头升起。

果然，一个班长向他透露，这个新训排不是一般的排，将来有可能分到天安门国旗护卫队。

一听到国旗护卫队这个名字，高红甫一下子愣住了，半天没说话。过了老半天，他不相信似的问这个班长："班长，你说的是真的吗？我真的有机会去国旗护卫队吗？"

班长说："当然有机会，但最后是否能去成，关键是看你的个人素质，只有过了军事素质关和政治素质关的优秀士兵才可以进去。"

此时的高红甫已经通过班长的介绍对国旗有了新的认识，他只有一个想法，进来了，就不能被退回去，无论如何也要走进神圣的国旗护卫队，当上光荣的国旗手！

带着这个梦想与心愿，高红甫给家里打了第一个电话。那天晚上，正赶上北京下大雪。电话通了，是高红甫的母亲接的。一听到母亲的声音，高红甫太激动了，叫了声妈就忍不住哭了起来。这是高红甫第一次离开亲人、离开家，他真的是太想家、太想家里的亲人了。

电话那端的母亲问高红甫是不是受了什么委屈，高红甫忙哭着说没有，就是有点想家、想奶奶。母亲又在那端心疼地问他北京冷不冷，在部队上训练累不累。正哭着的高红甫突然笑了，脸上挂着泪珠的他把自己有可能进国旗护卫队的消息告诉给了母亲。

他激动地说："就是电视里播出的天安门广场上每天升国旗、降国旗的那个护卫队。"

母亲在电话里高兴得立刻笑起来。一边的高红甫的父亲一听到这个消息也非常激动，赶忙跑去把高红甫的奶奶叫来接电话。

奶奶家和高红甫家还有一段距离，一听说孙子要进国旗护卫队去给国家升旗，老太太觉得孙子做的事情简直是太荣耀了，忙不迭地想亲自去和孙子在电话里说上几句心里话。

那天晚上河南也在下大雪，高红甫的奶奶在路上一不小心重重地摔了一跤。这一跤摔掉了老人家的一颗牙，但老太太顾不得疼痛，此时的她只想着要好好叮嘱孙子几句，让孙子一定要在部队好好干，给咱们国家升好旗。

从此之后，高红甫训练得更起劲了。新训结束时，他如愿进入了国旗护卫队。

在这支特殊的部队里，他一天天成长起来，由一个不谙世事的娇惯少年历练成为一个成熟稳重的升旗手。

6
从学生兵到国旗护卫队队员

王东是个学生兵。1985年出生的他2003年高中毕业考大学的时候，报考了武警北京指挥学院。

也就是说，上军校之前，王东没有过一天当兵的经历。

以学生兵的身份进入到国旗护卫队，王东还是头一个。

王东对进国旗护卫队这件事，事先并没有一点思想准备。

在军校，王东是个出色的学员。身高1.85米的他品学兼优、一表人才。毕业前夕，已经调到武警北京总队某支队任职的老队长找到他，邀请他到这位老队长的部队去工作。那也是一支遐迩闻名的部队，一枪击毙逃犯的神枪手陈攀峰就出自那支部队。

老队长也替王东做了些工作，觉得把王东要去给自己当部下是板上钉钉的事。于是，离校的前一天，老队长利用到警校办事的时机顺便把王东的行李拉走了。

意想不到的是，分配方案又发生了变化，正式公布分配方案时，王东被分到了武警天安门支队。

知道这个消息后，老队长不免有些遗憾。但王东却很高兴。与老队长的那支部队一样，武警天安门支队也是一支成绩斐然、遐迩闻名的部队。年轻气盛、不安于过消停日子的王东觉得那里也是历练、磨砺自己的大好天地。

就这样，王东和队里的六名同学一起被分到了武警天安门支队。

报到那天下着雨，政治处主任王建华负责公布支队内的二次分配去向。王东是王建华最后一个叫起的名字。当听到要他去国旗护卫队时，王东简直不敢相信自己的耳朵。

在王东的心目中，大名鼎鼎的国旗护卫队离自己很遥远，绝不是他这样的普通人所能去得了的。在国旗护卫队，不论是干部还是战士都要有两下子才行，首先要政治思想过关，最主要的还要队列动作好。他不敢相信组织上会安排他这个初出茅庐的学生兵去那么重要的地方。

吃惊归吃惊，但王东心里还是很高兴。

他希望去国旗护卫队给自己淬淬火，让自己无论是从思想上，还是从军事素质上都有一个整体的提升。

然而，事情却远不像王东想象得那么简单。刚到国旗护卫队报到的第一天，他就感到了一种从没有过的茫然。

王东是个肯吃苦也有韧劲的小伙子，可此时的他站在队伍旁边，却有一种束手无策的感觉。

在这支队伍里，排长身份的王东找不到自己的位置了。

国旗护卫队的训练有着很强的专业性。不管是方队里的队员，还是前面的擎旗手和护旗手，并不是想上就能上得了的。从队伍里随便

拉出来一个，先不说队列动作，单是资历和兵龄十有八九都比王东长。

当兵不成，当干部就更差得远了。王东不了解部队，至于当手持指挥刀的带队警官，就差得更不是一点半点了。

王东很茫然，也很着急。最初的两天时间，他就在这种茫然和焦急中度过了。

王东也很尴尬，每每部队训练的时候，他就傻傻地站在一边看。有一个瞬间，他觉得自己是被这支部队排斥在外的一个人。尽管是和大家一起吃，一起住，可他总觉得和大家融不到一块去。

王东很孤独。

到了第三天，王东不想再这么茫然、孤独下去了。

一有空，他就换上作训服找个地方一个人练正步。

大概练了一个星期左右，中队长刘青军来到了王东的面前。刘青军看着在7月的烈日下练得汗流浃背的王东说："练得还可以，找个班长来指导一下吧。"

刘青军给王东找来了一个资深班长指导他的训练。

平日里，班长可以对这个不摸底细的学生兵敬而远之，但要说起指导却还是要敬上三分的，虽然他还不是标准意义上的国旗护卫队的人，但怎么说也是个干部。

班长的指导有些保留，不敢像指导新兵一样去指导王东。

王东看出来了，就对这个资深班长说："班长，你就把我当成一个新兵来练。"

资深班长还是不敢，用手里拿着的擦枪用的通条轻轻地点着王东不到位的腿。

"班长，我就是一个新兵，你千万不要对我太客气，要大胆地指出我的缺点和不足。"

王东的眼里流露出的是急切和坦诚。

资深班长透过王东的眼神似乎看到了他的内心。原来这个学生兵是没有架子的，的确是真心地想做一名合格的国旗护卫队队员。

于是，资深班长的顾虑消除了。手里的通条打下去有力了许多。

王东玩命般练了一阵子，队列动作有了突飞猛进的进步。

有一段时间，队里干部工作紧张，一连许多天王东被安排在监控室里值班。值班时间是早晨6点到晚上10点。白天没有训练的时间，王东就只好抓紧一早一晚的时间练。或是凌晨之时，或是夜深人静之时，王东常常一个人在午门外的中轴线上苦练。他练了正步练持刀，练了持刀练口令。

王东在内心给自己定了个标准，他争取要在年前上方队。

上方队当带队警官并不是一件容易的事情。先是要中队领导考核审批，接下来是大队、支队的领导考核审批，最后还要上报总队司令部考核审批。

王东在默默地为这个目标准备着。这期间，他已经和国旗护卫队的战友们混熟了，大家都把他当成了自己人。

队里的领导从中队长刘青军到指导员杨胜利，都基本上认可了王东的动作水平。大队领导也予以认可，只等找个机会请支队的领导来考核了。王东还在积极备战。

就在这时，党的十七大召开了，整个支队忙于各种勤务，王东考核的事情也就暂时放下了。

十七大结束时已经是 10 月底，再不抓紧就到了老兵复退的时间，队里工作一忙就要拖到下一年去了。王东不想拖，他想尽快上方队担任带队警官，成为一个真正的国旗护卫队队员。

王东又没日没夜地练起来。

这一切都被中队长刘青军看在了眼里。

一天早晨，王东和刘青军一起跟着升旗队伍走到天安门城楼下。目送着升旗队伍上了广场之后，王东突然发现中队长以跑步的速度穿过长安街上了广场。远远地，王东看到中队长跑到值班的支队参谋长金剑跟前。王东只看见中队长给金剑参谋长敬了一个礼，至于中队长向金剑参谋长汇报了些什么，王东并不知道。

升旗仪式结束后，中队长回来了。他走到王东面前笑着说："参谋长明天早晨来考你。"

王东实在是太高兴了，他早就等着这一天了。

第二天凌晨 3 点多钟，王东就睡不着了，他早早地起床一个人来到午门外的中轴线上，把动作做了一遍又一遍。

早晨方队热身训练的时候，金剑参谋长来了。所有动作的考核，王东都是一遍过。

2007 年 11 月 4 日，王东永远也忘不了这一天。他手持指挥刀第一次带着升旗方队走上了天安门广场。

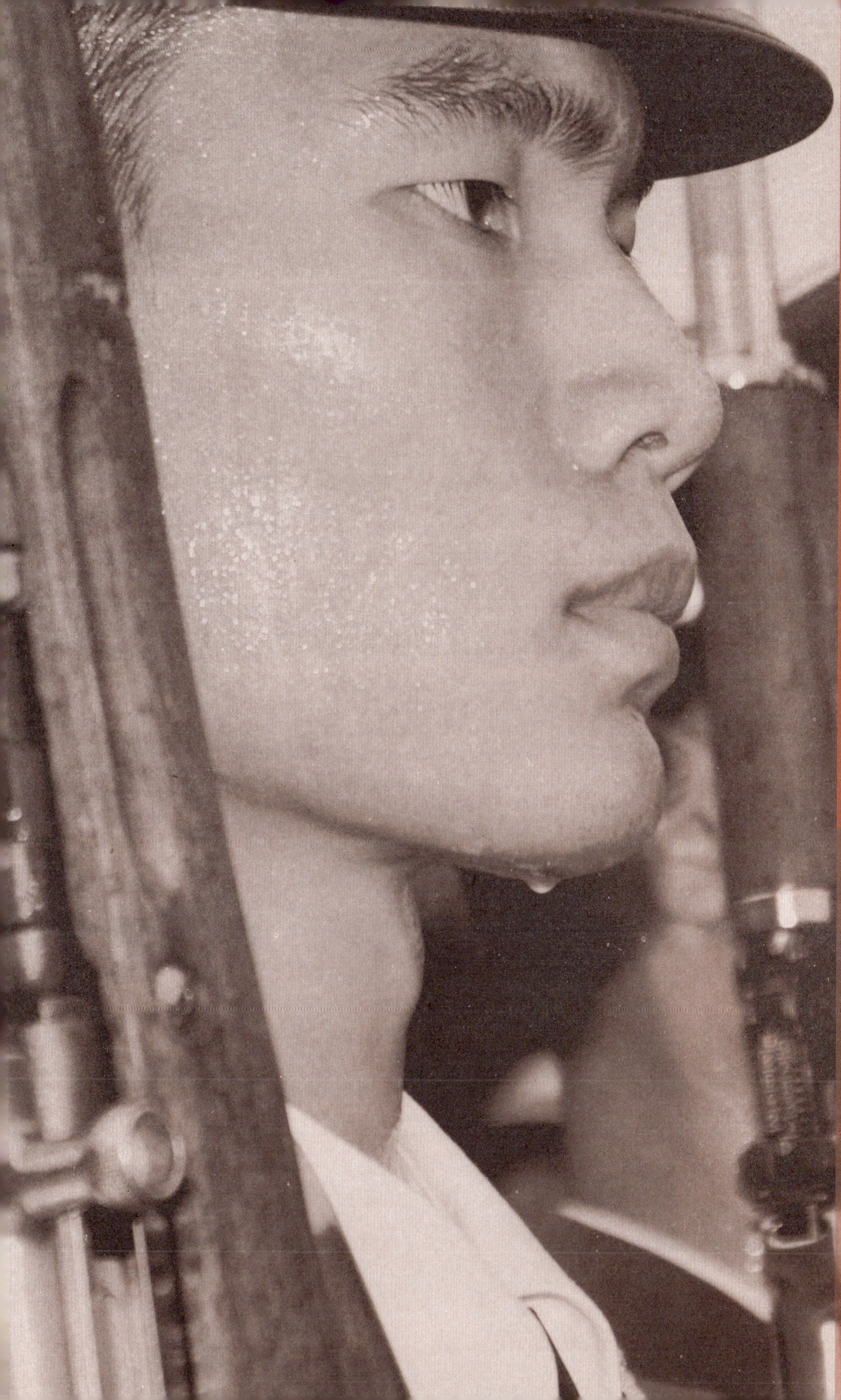

第三章 / 宝剑锋从磨砺出

1

由一个小女孩的疑问所联想到的

这是一个在国旗护卫队中广泛流传的故事，说的是一个小女孩的事情。正值酷暑，这个小女孩在父母的带领下来天安门广场看升旗。不巧的是，由于没把握好时间，当他们来到广场时当天的升旗仪式已经结束了。

虽然没有看到升旗仪式，但却丝毫也没有影响到小女孩的兴致，因为她被国旗哨位上的哨兵叔叔深深地吸引住了。

5 岁的小女孩盯着国旗哨位上的叔叔眼睛一眨不眨地看着。

过了老半天，她忽然抬起头问身边的妈妈："妈妈，你说这个叔叔是真的吗？他怎么一动不动地站得那么直啊？"

小女孩的妈妈笑了，她说："孩子，这个叔叔当然是真的了，这都是他们平时刻苦训练出来的。"

小女孩还是不肯相信，还在好奇地盯着哨位上衣冠整齐、全副武装的叔叔看。

小女孩又问："如果叔叔是真的，叔叔穿那么多衣服，他不热吗？"

小女孩的妈妈领着小女孩转到了哨位后面，指着哨兵叔叔被汗水湿透的后背对她说："孩子，你看叔叔衣服上的汗水，叔叔是真叔叔，叔叔也会觉得热。可叔叔为了护卫咱们的国旗，所以才心甘情愿地一

动不动地站在这里。”

5 岁的小女孩陷入了深深的沉思。

其实，类似这个小女孩的疑惑也时常发生在一些外宾身上。一些来天安门广场观光的外宾同样也常常会把国旗哨位上的哨兵当成是蜡塑的假人。他们无法相信一个活生生的真人能够保持一种昂扬的姿势这么长时间。一次，当一个持有这种疑惑的外宾听说哨位上的哨兵是武警战士时，怎么也不肯相信这是真的。为了证实这个问题，他竟然陪着哨兵整整站了一个多小时，直到接岗的哨兵来了，他亲眼看见哨位上的哨兵走下哨位才相信这是真的。

这位外宾对天安门广场上的国旗哨兵竖起了大拇指。

又有一次，班长徐宏伟笔直地站在哨位上，两个年轻的“老外”就打赌，谁站赢了国旗哨兵便称谁为“站功之王”。不到 40 分钟，其中的一名“老外”就双腿打哆嗦，背斜脖歪。另一位则满头大汗，身不由己，“扑通”一声瘫坐在地。看着纹丝不动的国旗卫士，两个“老外”只好认输。

国旗护卫队是一个万众瞩目的特殊群体，护卫队员的英武神姿的确是令人过目难忘。

无论是国旗下的站岗执勤，还是 36 人的升、降旗仪式，队员们的招招式式，举手投足间无不把军容军姿展现得淋漓尽致。作为一个炎黄子孙，目睹他们的威武英姿，内心不由得会生发出一种强烈的民族自豪感。

国旗护卫队的队员们来自五湖四海，年年新老更替，每个战士都有着自己独特的个性和特点。但是，一旦他们融入到这个特殊的集体当中，他们就拥有了一个共同的名字——国旗卫士。

一个叫翟永亮的方队战士讲述过这样一件事情。小翟服役期间，一次，小翟的父母和弟弟来看他升旗。小翟特高兴，也特精神。他知道，父母和弟弟就站在离他不远的地方。他要用一流的动作向他们汇报，他要让父母看看他们的儿子升旗时到底是个什么样子。升完旗后，小翟找到妈妈问道："妈，你刚才看出来我在哪儿了吗？"

小翟的妈妈笑了笑，抱歉地摇了摇头对儿子说："孩子，小时候无论你跑到哪里，我都能一眼认出你来，今天你们这些人都长得太像了，一举一动好像完全就是一个样。"

小翟并不感到失望，他笑着说："妈，要不然怎么能叫国旗护卫队呢，我们国旗护卫队的全体卫士，因为对国旗的爱，走在一起，融为一体，我们都变成一个人了，因为我们都是国旗之子！"

这位曾经在国旗护卫队服过役的叫翟永亮的战士说得太好了。是的，为了护卫国旗，国旗卫士们已经融成了一个人。

从他们身上，我们可以得出这样一个道理，一支懂得爱的部队才最有战斗力。每个国旗护卫队队员的心头都充满了对我们国家和民族的无限热爱。他们知道为谁而战，为谁奉献。正是因为明白了这些，他们才具备了战胜一切艰难险阻的勇气。

天安门广场是世人瞩目的地方，是祖国的心脏。升旗、护旗的标准非常高，要求格外严。每天的升、降国旗，必须同太阳升起和

降落的时间一样，早一分不行，晚一分也不行；从金水桥头到国旗杆下，正步走138步，多一步不行，少一步也不行；护旗兵行持枪礼，几十个人必须是同一个声音，慢一点不行，快一点也不行；守卫国旗的哨兵，要像钉子一样钉在哨位上，晃一下不行，吭一声也不行。

梅花香自苦寒来，宝剑锋从磨砺出。

为了这份特殊的荣誉，他们付出过超越常人的艰辛和努力，甘愿把原来的那个自我打碎，重塑一个新我。

国旗护卫队是国家一级礼仪部队，他们的主要任务就是在天安门广场用最隆重的升、降旗仪式来强化国民的国旗意识和国家意识。国旗护卫队成立之初，官兵们就立下“护卫国旗，重于生命”的誓言。这个集体代表着国家的尊严和荣誉。一种无形的荣誉感凝聚着这个集体里每一个士兵的心。强烈的使命感是战士们的精神支柱，浓浓的国旗情维系着队员们坚定的政治信念。

一代又一代的护卫队官兵，用脚踏实地的行动实践着他们在国旗下的庄严宣誓，努力成为一名让祖国满意、人民放心的国旗护卫队队员。

凡是在天安门广场上看过升旗仪式的人，都会被国旗护卫队队员那铿锵有力的步伐、威武挺拔的英姿和行进间蓬勃向上、神圣不可侵犯的气势所打动。

一位美学专家曾这样说过：“当国旗护卫队正步走过长安街时，动作真是不可思议的整齐、威武雄壮、震撼人心，这是典型的阳刚之美。”

国旗护卫队所体现出的这种阳刚之美，也是吸引着千百万人民群众不辞劳苦地前往观看的原因之一。当一种美的形式被赋予了深刻的内涵之后，它的社会教育功效，也就更加淋漓尽致地被展现出来。

任何事情都是这样，要想有回报，就得有付出。在国旗护卫队为我们展现的这种非凡的阳刚之美背后，一定有着非同一般的甚至是残酷的付出。

每一名护卫队员在上方队之前，都经历了一番苦学硬练。先是三个月的新兵训练，紧接着的是针对性极强的四个月的强化训练。强化训练结束后，是找感觉培养协调性的阶段，然后才能逐个地换下将要退伍的老兵。这个过程比一般军人所进行的三个月的新兵训练要漫长得多，也艰苦得多。

千万不要以为上了方队就一劳永逸了。国旗护卫队的训练是贯穿全年 365 天的。护卫队是一个整体，每天的升、降旗仪式更是所有护卫队员之间的一种完美到极致的默契配合。

因此，相互间的磨合与配合是永恒的。

为了达到这种境界，每天升、降旗之前一个半小时，全体队员就开始训练队列动作，把升、降旗仪式的每一个动作反复演练，做到精益求精和万无一失。

夏季的升旗时间有时候不到 5 点，为了保证升旗前训练一个半小时，他们凌晨 3 点多就要起床操练。

有人曾经做过一个统计，一个护卫队员踢两年正步相当于走一个二万五千里长征。

特别的环境、特殊的任务、特殊的岗位，要求每个士兵既要有强

烈的爱国之心，更要具备特殊的素质。从一个普通军人成长为一名合格的国旗护卫队队员，需要完成一次从生理到心理、从生命到灵魂脱胎换骨的大历练。

2

“三功”过后尽开颜

电视剧《士兵突击》热播的时候，这部戏曾经也吸引了国旗护卫队的小伙子们。虽然队员们没有时间从头看到尾，但对剧情还是有一些了解的。剧中有这样一个情节，代号为老A的特种兵部队从各个部队遴选精英人才。一些军事尖子跃跃欲试。殊不知，拿到老A通行证的同时，也是队员们经受各种超强度军事训练的开始。一个又一个意想不到的难题一轮轮地在考验着特种队员们。这是一个历练升华的过程，也是一个优胜劣汰的过程。

特种队员们在经受着一次次史无前例的从心理到生理的大考验、大历练。

同样，我们的队员被挑选进国旗护卫队，也是刚刚迈向国旗卫士的第一步。

面对《士兵突击》中特种兵部队老A的那套魔鬼式训练，国旗护卫队的队员们说：“我们的训练难度和辛苦程度，绝不亚于剧中的老A！”

国旗护卫队每年补充进来的战士是从武警北京总队上万名新兵中挑选出来的。三个月的新兵训练之后，还要强化训练四个月，最后通过考核后才能成为一名真正的国旗护卫队队员。

有人把国旗护卫队的强化训练概括总结为练“三功”，也有人把这“三功”比喻成是过“三关”。每过一关都要流几个月的汗，脱几层皮，掉几斤肉。

这“三功”分别是站功、走功和持枪功。

其一是站功。

站功是国旗护卫队官兵的基本功。其基本要求就是头要正、颈要直、口要闭、肩要平、收腹挺胸。为了能练出一副笔直挺拔的身姿，他们必须付出超出常人的努力。不少新兵刚入队时，站不了半小时就头晕眼花，昏倒在地。训练的目的是要达到站得直、站得稳、站得久。平时训练一般要站三到四个小时。为了站得直，战士们自己发明了腰间插上木制的“十字架”的方法。为了站得不变形，他们还发明了在领口两侧别上大头针的方法。

他们一站就是大半天。顶着大风练站稳，迎着太阳练不眨眼，有时甚至抓来蚂蚁放在脸上爬来爬去，练习耐力和毅力。为了练就良好的形体，从升旗手到护旗兵，睡觉时一律不用枕头，平躺在硬板床上。

为了保持腰杆笔挺，他们有时还在双腿内侧夹上两块10厘米宽的木板，用背包带把双腿捆起来。一个叫陈聚志的湖南籍战士，刚到国旗护卫队时，脖子有点歪，站姿训练过不了关，眼看就要被淘汰。为

了尽快纠正这一习惯性动作，他想了一个绝招，头顶上放了一个大瓷碗，碗里盛满水，顶着碗贴着墙练站直，又找来十几根大头针，别在两侧的领口上，脖子一歪水就流到衣领里，头一歪大头针就扎在脖子上。在强化训练的那段日子里，他的脖子被扎了无数个针眼，一出汗就痛得钻心。功夫不负有心人，最终他还是把十多年来形成的毛病彻底纠正好了，顺利成为一名国旗护卫队队员。

经过几个月的特殊训练，国旗护卫队队员无论是面对风吹雨打，还是蚊虫叮咬，一站就是几个小时，绝对保证纹丝不动。如果遇上下雪天，远远地看上去就像是一尊雕像。

其二是走功。

走功最能展示国旗护卫队的整体风采，是国旗护卫队队员的另一项基本功。队员们中流传着这样一句话："踢腿如火箭，落地如炸弹。"护旗方队要横看成行，纵看成列，步幅一致，摆臂一致，目光一致，就连肩上扛的礼宾枪的枪刺也要在一条线上。

从金水桥到国旗杆下的138步，每一步都要走得威武雄壮，铿锵有力，要走出威武之师和文明之师的风采来。

为了过好这一关，官兵们白天绑沙袋练踢腿，用尺子量步幅，用秒表卡步速，一踢就是成千上万步。为了做到升旗方队的整齐划一，训练中严格规定了若干条线，要求所有队员在行进中必须保持摆臂、帽檐、枪刺、抬腿等都在一条线上。

每每晚上夜深人静的时候，他们还会到广场上一遍遍地进行实地演练。越是刮风、下雨、降雪天，越是他们练习的大好时机。他们迎着风、趟着水、踩着雪，练了一遍又一遍。因为只有这样，才能保证在今后执勤中遇到恶劣天气时也能走得直、走得齐、走得稳，才能保证动作不走样、不变形。

擎旗手在升旗方队中处于中心位置，是最关键的角色。所以擎旗手的走就显得尤为重要。由于扛着15公斤重的旗，遇上有风时分量还会陡增，所以擎旗手的走又比其他人多了一分难度和艰辛。

这些年来，历届擎旗手在训练中都是穿坏鞋子最多的人，也是用坏手套最多的人。为了保持在行进中旗子不斜不歪，他们平日里都是负重训练，腿上绑上重重的沙袋。强化训练期间，擎旗手的右肩从来都是伤痕累累的，磨出的血泡破了又长，长了又破。握旗杆的手常常会伸不展、握不拢，食指和中指磨破后，经常会溃烂出血。

其三是持枪功。

持枪动作最能体现国旗卫士的威武和祖国的尊严。但操枪法又是队列训练中难度较大的，做动作不但讲究符合标准，更讲究动作的快、准、狠。战士们在训练操枪法时，不怕苦不怕累，把提枪、下倒、上肩三个动作成千上万遍地做。队员们用的是3.8公斤重的镀铬礼宾枪，夏天手出汗容易滑脱，冬季冰冷的手握不住枪。为了达到操枪时一个声音，一条直线，他们就在枪托下吊上砖头练臂力，腋下夹上石子练定位，直到手掌拍肿了，虎口震裂了，右肩磕紫了，才能闯过这道关。

在过关的日子里，每个队员都要经受超越生理极限的艰苦磨炼，几乎每一天都是伴着汗水和泪水度过的。但是，每一个官兵从入队那

一天起，就抱定了一个信念：为了展示五星红旗的风采，展示伟大祖国的尊严，就是再苦再累也心甘。

3

升旗手的手

24 岁的高红甫现在是国旗护卫队的升旗手。到今年为止，他已经是服役七年的老兵了。

这些年来，许多国人都记住了高红甫站在国旗旗杆基座上充满激情的振臂一挥，也在心底里锁住了他把国旗撒向蓝天那一刻浮现在国人心头的那份强烈的民族自豪感。

但是，许多人却并没有见过高红甫的手。

这是一双出奇的大手，质朴中透着红润，红润中带着质朴。

这是一双粗糙的大手，每天的升旗、降旗使这双大手经受着非同一般的磨砺。

同时，这也是一双情感十分细腻的大手，13 亿华夏儿女的爱国情思就是通过这双手展现出来的。

这些年来，就是高红甫的这双大手每天把天安门广场上的祖国第一旗撒向蓝天的。

然而，练就这样一双有力的大手却不是一日之功。

2002 年入伍的高红甫最初进国旗护卫队时是方队的护卫队员。当时的升旗手是安徽宿州籍的吴猛。

吴猛快要复员时，中队打算把这个光荣的任务交给高红甫。

听到这个消息，高红甫心里还有些直打鼓。他担心自己胜任不了这个艰巨而神圣的光荣任务。当时强化训练刚结束，上方队都让高红甫觉得有些紧张。他有些怀疑自己的能力。

高红甫在心里想：我能够胜任这项光荣而艰巨的任务吗？能够保证在任何天气中都能在瞬间让我们的国旗准确无误地飘扬起来吗？

高红甫同时又激励自己：我是军人，是军人就应当以服从命令为天职，就应该勇敢、忠诚，在任何情况下都要不怕苦、不怕累、不怕死。既然组织上把这么光荣而神圣的任务交给自己，自己就要对得起组织的信任和培养，就得尽心尽力、不辱使命。

中队长找高红甫谈话的时候，高红甫毅然接受了这项光荣的任务。

那天，在场的还有吴猛。中队长让吴猛在复员之前带一段高红甫。

当时有着这样一双有力大手的是吴猛。

那段时间里，每每看到吴猛那双非同一般的大手，高红甫内心就充满了一种敬佩之情。

他问吴猛怎么样才能练出这样的一双手来，吴猛的回答只有一个字：“练！”

升旗手要练的是展旗、收旗功。

展旗和收旗是展示有中国特色升、降旗仪式的“专利”。当把国旗挂上旗杆开始升起时，旗手要迅速将17平方米的国旗向空中撒出一个扇形，这是“展旗”。而降旗时当国旗降至杆底的一刹那，旗手要迅速

将国旗收拢成一个锥形，此为“收旗”。一展一收，看似动作简单，其实则不然，其中隐藏着许多力度、技巧上的把握和揣摩。

升旗时撒旗的那个瞬间讲究的是如行云流水般的洒脱和大气，17平方米的旗子撒出去之后，不但要保证国旗不接触地面，还要飘出一个漂亮的扇形，要有一种举重若轻的潇洒和伟岸，体现出的是一种力与美的完美结合。

高红甫知道，要做到这种举重若轻和行云流水，就要有充足的手劲和臂力。

为了练臂力，高红甫天天拿一个3公斤重的铁饼向外撒，一撒就是几百上千次，直到累得抬不起胳膊来。吃饭的时候，右手酸痛得根本动不了，只得用左手拿筷子。

高红甫是父母和爷爷奶奶的心肝宝贝。当兵离开家之后，爷爷奶奶牵挂他，有时会打电话问他在部队训练累不累。有一次，高红甫接到奶奶的电话时，刚训练完的右手连话筒都拿不起来了，但他还是强忍着疼痛说了声不累。说完之后，眼泪就溢满了他的眼眶。

功夫不负有心人，几个月的训练后，高红甫成了国旗护卫队有名的大力士，双手也眼看着一天天大起来。还有一个变化是高红甫事先没有料到的，那就是他的右臂比左臂明显要粗壮很多。

练好臂力是第一步，这只是撒旗需要具备的一个基本条件。

如何撒旗，书本上并没有现成的做法，只有靠升旗手们自己传帮带，靠他们在实践中细心去摸索和积累经验。

撒旗看似简单，实际上却蕴藏着许多只可意会不可言传的技术性操作，稍稍把握不好就会使国旗绕杆、缠手，使国旗展不开，从而影响升旗质量和观瞻。为此，高红甫在虚心向吴猛请教的同时，也结合自己的实际情况在内心仔细地体味和揣摩。除参加完中队组织的正常训练外，他还要自己给自己加班，在营区内架设的模拟旗杆上反复练习，有时候会练到深夜一两点钟，每天只睡三四个小时。

高红甫终于可以上广场升旗了。第一次升旗的时候，高红甫哭了。这当然是激动的泪水，他也不知道自己当时怎么就有那么多的眼泪掉下来。

高红甫很快就掌握了晴朗天气状况下的撒旗要领。一连许多天，升旗效果都非常好。

但是，还没来得及高兴，新的问题就又来了。

一天，正赶上天气有点风，虽然别人没看出什么来，但高红甫却感到升旗的效果不如平时好。

那天的午饭高红甫没有吃好。他一直在琢磨一个新问题。遇到这么点小风就影响升旗效果，要是遇到下雨天和刮大风等恶劣天气怎么办？进而，他又想，其实单单只是一个刮风也会出现各种不同的具体情况，不但会有风大风小之分，还有逆风顺风之分。顺风时，国旗容易撒向空中；要是赶上逆风，国旗就会撒不开，飘飞不起来，甚至会裹成一团，缠绕在旗杆上。要是再下大雨，国旗会增加重量，那种情况就更难处理了。

一想到这些，高红甫心头的压力更大了。

他再也坐不住了，全身心投入到应对恶劣天气时的撒旗训练上来。

只要一有时间，他就来到模拟升降国旗的地方，模拟恶劣天气练

撒旗。高红甫终于摸索和掌握了一套撒旗方法。能够做到无论天气多么恶劣，风怎么大，风向怎么偏，他都可以通过改变撒旗角度，把国旗瞬间展开。

对于升旗手来说，降旗比升旗的难度还要大。降旗过程中讲究的是快、准、稳，干脆利索，决不能拖泥带水。

为了练就一手硬功夫，高红甫反复练习降旗。

降旗过程中，国旗是顺着旗杆往下降，稍稍把握不好，就有落地的可能。

为了不让国旗落地，旗手要在国旗接近旗杆底部的几秒钟内，将国旗挽出漂亮的三朵花。

这一连串的动作，需要体力，更需要技巧。当国旗降落到旗杆底部的瞬间，要求旗手用左手紧紧握住旗杆的同时，右手的后三个指头随着旗面的波浪上下翻飞，利用手掌外侧边缘将国旗一把把拢在旗杆上。这个“拢”可非同于一般的“拢”，要“拢”出“嗒嗒”的响声来。动作次数还不能多，一般精确在13到15把。一连串的动作要优雅利索，指头不能离开旗面，力度要大。在这个过程中，旗手右手的小指一侧就必然要碰到铁杆上。由于要求动作迅速利索，旗手用的力也就很大，于是就等于是与金属旗杆硬碰硬。

皮肤当然硬不过金属，练得多了，高红甫右手靠近小指的那一侧就开始蜕皮、起泡，水泡破了就开始往外渗血。血淋淋的皮肤经常与手套粘连在一起，揭都揭不下来。只有把手放进水里泡上一会才能忍着钻心的疼痛把带着一层皮的手套摘下来。

就这样，经过反复的练习，高红甫右手的皮掉了成百上千次。长了又掉，掉了又长，手套也数不清究竟坏了多少双。

后来，高红甫的收旗动作终于练出来了，右手的小指一侧也不再起泡渗血，而是长了一层厚厚的茧。

这层茧足足有一寸厚。

因为是首席升旗手，高红甫就成了军中明星。中央电视台、中央人民广播电台和各地方电视台经常来采访他，请他去做节目。他一边感到骄傲和自豪，一边又时时告诫自己不能有半点的懈怠和自满。

老家的亲人们也为高红甫感到骄傲和自豪，但也没有忘记时时叮嘱他恪尽职守，戒骄戒躁。

高红甫的父亲是个朴实的中原汉子，他虽然没有什么高深的文化，但说出的话却质朴而深刻。

他时常这样叮嘱儿子："人们这样关注你，并不是你这个人有多么了不起，而是因为你是一名光荣的升旗手。你要把每一次升旗都当做第一次，不要感觉兵当老了，就把工作放松了。你要注意自己的言行，因为你代表的不仅仅是你一个人，而是一个国家的形象。"

高红甫牢记父亲的叮嘱，把每一次升旗都当成是第一次。

这些年来，无论是升旗还是降旗，他从来都没有失过手。

如今，在中队领导的安排下，高红甫已经又带出了一个非常优秀的升旗手。这个叫刘岩的山东聊城籍小伙子，也有着一双和高红甫一样的大手。他右手的小指一侧也同样有着一层厚厚的茧子。

一次，一个记者采访刘岩时握着他布满茧子的大手问他累不累。21 岁的刘岩回答："在这个光荣的集体里，每一个护卫队员想的都是同一件事，那就是怎样才能不辱使命，把国旗升好，为祖国争光。至于个人的一点辛苦和劳累与祖国的荣誉相比，实在是算不上什么的。"

4
三人一行心连心

每逢升、降旗的时候，方队中最先走出城门的是站在队伍最前面的三名战士。他们的位置最为醒目，也是最先映入公众视线中的护卫队员。

因此，从一定程度上说，他们三个人的精神面貌和整体形象也就代表了国旗护卫队给公众的第一印象。

三个人当中，中间的一名是擎旗手，两边分别是左右护旗手。

现在任国旗护卫队擎旗手的是河南周口籍的韩冲。

2004 年入伍的韩冲身高 1.88 米，他给人的感觉文秀而干练，含蓄而内敛。由于担任擎旗手这一重要角色，他常常会被人问起一些最初担任擎旗手时的训练情况。

每当这个时候，韩冲都会含蓄地笑笑，说："我当擎旗手，离不开我的上一任擎旗手张磊的帮助和指导。"

由于擎旗手的位置醒目，又是负重行进，因此，对擎旗手的军事动作要求也就格外的苛刻。擎旗手的"三功"训练也会格外辛苦，站要扛着15公斤重的国旗站，走要扛着15公斤重的国旗走。说到持，如果遇到大风天气国旗兜风，手中的重量就远远不止是15公斤了。特别是在进出天安门城门洞时，风向经常变化，擎旗手既要稳稳地控制住旗杆，又要走出标准的队列步伐，所以擎旗手必须有很强的体力，他们的身体素质必须是一流的。但受护卫队员身材要求的限制，又不能找一个膀大腰圆的壮士来承担这个任务。

因此，擎旗手的训练也就变得格外任重道远而艰辛。

说到训练的辛苦，韩冲很少说到自己，说得更多的是他的上一任擎旗手张磊。

张磊是韩冲的师傅。

张磊是吉林白城人。刚参军时，高中毕业不久的他瘦高身材，看起来身体很单薄。为了增强体能，晚上其他战士都休息了，张磊还要加班训练，一个人扛着旗杆在午门外的中轴线上练跑步，直到跑出一身汗来。上国旗旗杆基座需要登台阶，他就扛着旗杆到天安门前的地下通道去跳台阶。肩上扛着15公斤重的国旗，双腿蹲着逐级跳上跳下，反复训练，直到半夜12点。次日早上，仍要和所有战士一样，在太阳出来前一个小时起床。

刚开始训练的时候，张磊的腰上长了一个疖子，旗杆一碰，就疼得打哆嗦。即便是这样，他也不肯停止训练。每天训练结束后，再到医务室换药。

一次训练中，张磊的漆盖肿得像馒头一样，但他却没有告诉任何人， 又坚持着完成了两天升、降旗任务。 直到他扛着国旗，迈上旗杆

基座的台阶，连膝盖都不能弯曲时，才被领导从监视器中发现，勒令他马上去医院。医生看了他的腿，痛心地说："再晚几天来，这条腿可能就要残废了。"

张磊被医生留下住院治疗。当一想到要离开国旗，离开心爱的岗位，张磊眼里就含满了泪水。

韩冲说："那时我才刚来国旗护卫队不久，从张磊身上，我真正理解了国旗护卫队队员'护卫国旗，重于生命'这一誓言的内涵。"

爱旗爱岗的又何止是张磊一个人？从韩冲的眼神中我们也可以看出他和张磊有着同样的心思和情操。

因此，我们也就不难想象，在成为一个优秀擎旗手的道路上，韩冲也一定是付出了和张磊一样多的艰辛和努力。

我们也完全可以想象得到，在韩冲成为一个优秀擎旗手的过程中，他也一定是带着伤痛一路走过来的。

"训练中会经常受伤，你们不疼吗？你们是怎么挺过来的？"

当我们问及韩冲这个问题时，他和所有护卫队员的回答是一样的："一穿上这身执勤礼服，就什么都忘了，一种神圣的使命感不由自主地使你全身充满力量。"

稍一停顿，韩冲又说："还有一个这样的秘诀，只要穿上马靴，把脚使劲往地上跺几下，脚一麻木，就什么感觉都没有了。"

说完之后，韩冲又补充："这个秘诀是张磊临复员时教给我的。"

韩冲的话忍不住让人心里一颤。多么质朴可爱的战士，他们是新时期最可爱的人。

说到平日里的升、降旗，韩冲说：“其实，擎旗手的工作是靠三个人来完成的，我们三个人一条心，辛苦是大家的，成绩也是大家的。”

现在，韩冲的左右护旗手搭档分别是徐伟和任聪。由于要常常在一起练配合，三个人可以算得上是形影不离。

担任右护旗手的任聪身高1.86米，2005年入伍，河北石家庄人。

担任左护旗手的徐伟身高1.87米，2006年入伍，四川遂宁人。

韩冲说擎旗手的工作靠三个人来完成，这话当然是有道理的。

一般天气情况下，擎旗手擎旗的时候并不需要两边的左右护旗手体力上的协助，一个人就可以完成擎旗任务。但是，一遇到刮风下雨天，情况就不同了，本来十几公斤重的国旗会陡然增加重量。如果遇上大风，被吹开的国旗兜风，重量会瞬间增加到几百斤。这个时候，两边的左右护旗手就成为擎旗手的有力支撑。

如果赶上这样的大风天气，三个人会胳膊挽着胳膊向前行进，左右护旗手利用胳膊的支撑力量有力地分担了一些压在擎旗手肩上的重量。

行进途中可以胳膊挽着胳膊，但是当三个人走近旗杆基座的时候，情况就变得复杂起来。由于基座地势高，风本来就大，再加上要上台阶，负重的擎旗手很难操控住被大风席卷着的国旗。这种情况下，三个人的通力协作和完美配合就显得尤为重要。

韩冲说，有一回升旗，遇上了七级大风，国旗一下沉了很多。上旗杆基座的时候，他已经感到十分吃力。当韩冲刚走上基座的时候，又一阵更为猛烈的大风吹过来，他的身子在不经意间趔趄了一下。

韩冲说，左右护旗手的关键作用就是在这个时候发挥出来的。

就在韩冲感到快要掌控不住手中旗杆的时候，他感到他右侧的任聪用左臂用力挽住了他擎旗的一只胳膊，而在他左侧的徐伟则用右臂搂住了他的腰。

韩冲就这样在左右护旗手的协助下牢牢地站在了基座上。

韩冲就势把国旗交给升旗手高红甫，高红甫把国旗的旗杆瞬间放进旗杆上的升旗槽内。

在大家的通力合作下，国旗在大风中冉冉升起。

韩冲说，力量有时候来自队友，也来自广大的人民群众。

韩冲说起了他印象中最难忘的一次升旗。

那天早晨4点多，长安街上的华灯还在闪烁，广场上就聚满了数以万计等着观看升旗的人们。国旗护卫队刚从驻地出发时还看不出下雨的苗头。夏天的天气说变就变，一股狂风，一阵沉雷过后，突然就下起了瓢泼大雨。方队刚上金水桥。当时手里擎着国旗的韩冲心里不由得紧张起来。这是他第一次在大雨中执行升旗任务，既担心地滑影响动作，又担心雨大影响升旗质量。

雨似乎并没有体谅到国旗护卫队队员们的一番苦心，还在密密麻麻地下着。

面对突如其来的大雨，人们本能地躲到地下人行过街通道中避雨，一时间，刚才还熙熙攘攘的广场变得空无一人。韩冲当时想，无论如何，也要把国旗升好。

这是韩冲的想法，也是整个升旗方队所有队员的共同想法。

大家很快就调整好了心态，战士们在狂风暴雨中继续前行，按程序高标准地完成了一系列预定动作。

广场上最感人的一幕出现了。那些原本到过街通道里避雨的群众，无论男女老少在这一刻都冒雨奔到了广场上。他们在雨中注视着国旗卫士的一举一动。当国歌奏起，国旗升起的时候，来自天南海北的人们都庄严地凝望着在雨中冉冉升起的五星红旗，热泪盈眶的群众向国旗举手敬礼。

韩冲说："那一刻，我们国旗护卫队队员的泪水也和着雨水在尽情地流淌。我们都是中华儿女，是国旗把所有中华儿女的心紧紧地连在了一起，祖国和广大的人民群众是我们的坚强后盾。"

国旗护卫队是一个战斗的集体，团队荣誉感凝聚着每一个战士的心。他们中流行着这样一段话："出了天安门，你就不再代表你自己。在13亿中国人面前，你代表的是军队；在全世界面前，你代表的是中国。"

国旗护卫队队员们，正是时刻牢记着这一训条，无论是在训练中还是在日常的执勤中，都精诚团结，奋力拼搏，力争出色地完成好每一次升降旗任务。

5

我要上方队

"那个兵叫方正军……"尽管事情已经过去快三年了，但国旗护卫队副指导员刘双林依然清楚地记得那件事情。

三年前，刘双林是国旗护卫队的一排长。

整天带队训练的刘双林对每个兵的情况都了如指掌。方正军是刘双林很看好的一个兵。2004 年入伍的方正军来自浙江。像所有护卫队员一样，方正军对这份来之不易的光荣任务很看中。

训练中，方正军十分刻苦。

一分付出一分收获，方正军的队列动作很到位，他很快就被批准上了方队。

但是，意想不到的情况出现了。不知是什么原因，方正军的两只手老是裂口出血。刘双林最初发现这个问题后，还以为是方正军练持枪功被沉重的枪托震的。但他发现别人的手并不是这样，练持枪功的时候手虽容易被震裂出血，但那只是短时间的，一段时间过后，裂口出血的部位愈合后会形成一层厚厚的老茧。

方正军的手却是老也不愈合，整天都血淋淋的。

刘双林让方正军去总队医院诊治，医生给出的结论让刘双林和方正军都大吃一惊。原来，方正军是对擦枪的枪油过敏，唯一的办法就是从此不碰枪油。

听到这个结论，方正军开始紧张了，他害怕因为手过敏而被撤下方队。

向来以爱兵著称的刘双林看出了方正军的心思，他安慰方正军说，以后擦枪的事就不让方正军亲自干了，找别人代劳，这样看看手过敏的情况能不能好转一些。

虽然是不擦枪了，但方正军的手还是没有好。只要一摸枪，那枪上的油就想方设法地开始腐蚀他的手。方正军双手所有关节处的皮肤都裂开了，只要一拿枪，随着轻微的震动，裂口处就开始往外渗血。

刘双林私下里咨询了医生。医生说，最好不要让方正军再摸枪了，因为要是长时间这样反复出血会导致感染，最后难保不影响整个手的功能。

为了保住方正军的一双手，刘双林在不得已的情况下，只得把方正军替换下方队。

刘双林清楚地记得，当他宣布让方正军下方队的时候，队列中的方正军流泪了。

难过的又何止是方正军一个人，刘双林也在心里深深地为方正军感到遗憾。

队伍解散后，性格有些内向的方正军找到刘双林，憋了半天，终于说出一句话：“排长，我要上方队。”

刘双林理解此时方正军的心情，拉过他的手，说：“正军，你的手都这样了，还是先把手治好了再说吧。”

方正军赶忙又问：“排长，你说要是我治好了手，还能上方队吗？”

刘双林说：“当然可以。”

但转过身去，刘双林就流泪了。他从医生那里知道，方正军的一双手是很难治好的。

2006 年 11 月，方正军带着满腔的遗憾复员了。

临走的时候，方正军默默地来到了广场上。看着广场上空高高飘扬的五星红旗，方正军久久没有说话。

一边的刘双林看出了方正军的心思，对他说：“正军，你就放心地走吧，我们会把国旗升好的。你到了地方上，也一样可以为祖国做贡献。”

2009年春天，被当地评为优秀党员的方正军跟团来北京参观旅游。他又一次回到了老部队。已经升任副指导员的刘双林接待了他。

一番畅谈之后，两个人又默默地来到了广场上。

方正军看着高高飘扬的国旗，又是许久没有说话。

刘双林完全能够理解方正军内心深处的那一份永远的遗憾与悲壮。

刘双林说宋立胜是国旗护卫队里又一个对枪油过敏的战士。2002年入伍的宋立胜是山东济南人。作为班长的他，是一个从思想到军事都很过硬的战士。与方正军不同的是，宋立胜对枪油过敏是当兵几年之后才表现出来的。医生称这种过敏为延迟反应。

虽然是延迟反应，但症状却完全是一样的，也是手指关节处老是裂口，一震动就从裂口处往外渗血。

为了能多与国旗相伴一些日子，宋立胜咬牙坚持着。队里的领导都和刘双林是一样的想法，时时处处对宋立胜的手采取保护性措施，不让他擦枪，无论是什么时候拿枪，都让他戴手套。就是这样，宋立胜的手也还是常常会裂口、渗血。有时候病情严重了，队干部们就不忍心让宋立胜再上方队。宋立胜死活不干，怎么给他做工作都是一句话："我要上方队。"

宋立胜今年已经是服役七年的老兵了，作为班长的他十分珍惜与国旗相伴的日子。他说："只要能让我上方队，只要每天能看着国旗升起，吃什么苦我都不怕。"

国旗护卫队的每一个战士，都把上方队当做自己至高无上的荣誉。为了上方队，他们不怕一切困难，有时甚至会付出超越身体极限的努力。

新战士石国良，入伍后被选送到国旗护卫队非常高兴，但在强化训练中，他不幸患上了肺炎。领导担心高强度的训练会加重他的病情，按规定将他调整到另外一个中队。石国良得到命令后，没有说话，只是默默地流泪。他心里一边咒骂自己的身体不争气，一边暗下决心一定要重新回到国旗护卫队。来到新中队以后，他一边积极治病，一边整天找中队领导，央求让他再回到国旗护卫队。他的痴情终于感动了领导，他又被调回国旗护卫队。石国良加班加点，把落下的训练科目又补上了。经过艰苦训练，他终于如愿以偿地上了方队。

国旗护卫队原护旗手石向东是位英俊健壮的男子汉。不幸的是，到护卫队不到半年，他就患上了骨髓炎。为了不影响护旗，他一直隐瞒着病情，以顽强的毅力坚持参加每天的升降旗和执勤，致使病情越来越重。有一天早晨升旗时，他刚下床就一下栽倒了，两条腿痛得无法站立起来。送到医院后，经医生检查原来是骨头坏死症。医生说，石向东的病情已经十分严重，有截肢的可能。听到这个消息，这位1.82米的男子汉禁不住泪水横流。他抱着腿恳求地对医生说：“医生，我是护旗手，我天天要到广场上去升旗，请一定不要锯掉我的腿。”

后来，经过专家和医护人员的齐心努力，石向东的左腿保住了，但却落下了终身残疾。身体刚刚恢复不久，他就再三要求上升旗方队，直到退伍的前几天，还在坚持执勤。离队前，石向东对战友们说：“我虽然不能当护旗手了，但无论我走到哪里，只要听到国歌声，看见升国

旗，我依然会感到无比的自豪和骄傲，因为我曾经是一名光荣的国旗卫士！”

天安门广场上的升降旗仪式代表着国家形象和祖国尊严，因此国旗护卫队对上方队的队员总是选拔了又选拔，挑选了又挑选。进了方队的战士也不是一成不变的，训练中会随时根据实际情况调整人员。但国旗护卫队的所有战士都十分珍惜与国旗相伴的每一天，他们每一个人都想把上方队延续到离队的最后一天。

原国旗护卫队排长王东讲过这样一件事。

2007 年 11 月，老兵复退在即。一天，王东担任带队警官完成升旗仪式回来简单地讲评过后正要解散，队伍里突然有人喊了声“报告”。

王东定睛一看，是陕西延安籍老兵吉志杰。

吉志杰是个即将复员的老兵。只听他说：“排长，我有话要讲。”

王东不知道此时吉志杰要说些什么，就说：“请讲。”

想不到吉志杰竟然点了方队里另外一个老兵的名字。吉志杰指出这个老兵的动作做得不到位，有些松垮。

一时间队列中很静，那个老兵也没有反驳，只是难过地低着头。

吉志杰说：“我们都是马上就要复员的人了，在队里升旗的日子不多了，越是这样，我们越是要珍惜这最后的与国旗相伴的日子。升旗是一件代表国家形象和祖国尊严的大事，不能有半点的马虎和松懈。”

听了吉志杰的这番话，大家都被深深地感动了。

人们不仅仅是被吉志杰的这番话所感动，更是被他战胜病痛站好最后一班岗的精神所感动。也许是由于对国旗护卫队的恋恋不舍，几天来，吉志杰着急上火，双眼都得了红眼病。每天早晨起床后眼睛怎么也睁不开，用水浸泡后才能睁开。队干部劝吉志杰休息几天，吉志杰怎么也不肯，仍然坚持着每天上方队。

队伍解散了，那个被吉志杰批评的老兵还默默地站在那里，一副心情沉痛的样子。这时，一个班长走到吉志杰面前悄悄告诉他一件事。原来，那个老兵并不是不想把动作做好，而是因为膝盖关节炎的发作，只能把动作做到这个程度。这个老兵和吉志杰的心情一样，也是不听领导劝阻，一定坚持要上方队。

听到这里，吉志杰一下就傻了，二话不说跑过去就和那个老兵拥在了一起。

此情此景，在场的所有人都被感动了。

国旗护卫队的小伙子个个都是好样的。就连炊事班的战上以及中队的文书、通信员，当初也都是按照国旗护卫队队员的标准严格挑选进来的。他们都经过了与国旗护卫队队员一样的严格训练，只是由于工作需要后来他们没有被安排在国旗护卫队队员的岗位上。但他们人人都有一个梦想，那就是上方队。同时，作为战士的他们更懂得服从。

正如中队的河北籍通信员张艳坤所说："我当好中队的通信员，为大家服好务，也是对国旗护卫队的贡献。"

6

带队指挥官

说起带队指挥官，人们头脑中首先联想到的是那把威风凛凛的指挥刀。

在带队指挥官的手中，那把指挥刀总是给人一种既威武又轻松的感觉。人与刀之间的完美配合，把带队指挥官的威仪神态体现得淋漓尽致。

其实，这把指挥刀并不像人们感觉的那么轻松，它净重1.5公斤，由合金钢铸成。如果是没有经过特殊训练，即便是再孔武有力，只要把刀垂直拿在手里，不出一分钟就会感到胳膊发抖手发酸。

可想而知，握着战刀的带队警官要保证在行进中轻松自如地完成抽刀、立刀、举刀、收刀这一整套动作并不是一件容易的事情。

为了充分展示中国军人的阳刚之气，把动作做得潇洒威武，每一任带队警官都付出了艰辛的努力。

现任武警天安门支队政治处主任的王建华，就曾经是一名国旗护卫队的带队警官。

王建华并不是国旗护卫队土生土长的干部，要练就一手带队警官的操刀功夫又谈何容易？

在部队，有个惯例，指导员负责政治工作，军事训练和执勤上的事情则交给中队长。但王建华来到国旗护卫队后却和自己较上了劲。

一进国旗护卫队，王建华就给自己定下了一个目标。他要上方队，要担任带队警官。

在国旗护卫队，一般情况下担任带队警官的是排长，每月 1 日或遇有重大节日时是中队长。

猛一听说王建华的这个打算，当时的中队长王金耀还有些不理解。

然而，当王金耀和王建华交谈了一番之后，他终于明白了王建华的一番苦心。

王建华认为，他这个“外来户”能不能真正融入国旗护卫队当好指导员，这一切都取决于他能不能和战士们打成一片。而衡量他能不能和战士们真正打成一片的一个最根本、最直接的标准，就是看他能不能上方队。

虽然以前自己不是在国旗护卫队工作，但王建华对国旗的认识却很到位。这个来自山东沂蒙革命老区的年轻人，更懂得珍惜自己军旅生涯中与国旗相伴的日日夜夜。

他把每一次升旗都看成是一次心灵的洗礼和灵魂的升华。

“护卫国旗，重于生命”的意识，已经融入血液，深入骨髓。

为了和中队长一起带好这支部队，王建华下决心要身体力行，真正和战士们打成一片，做战士们的贴心人。

国旗护卫队是一个特殊的集体。在这里，无论是干部还是战士，谁都来不得半点虚的，每个人的成绩都摆在大家眼前，明明白白的。

如果你行，肯吃苦，能上方队，战士自然会把你当战友、当哥们

儿来看待，会对你掏心窝子说心里话。相反，如果是遇到难题绕着走，在战士们面前摆谱拿架子，只说不干空耍嘴皮子，到头来只能是自己孤立自己，工作做不好不说，还把自己变成了孤家寡人。

王建华急于要和战士们打成一片。

说起来，王建华的军事素质也是相当不错的。具体到队列动作，也是有一些底子的。

早在当战士的时候，他就曾经是队列班的班长，还曾经在江泽民接见武警部队的汇报表演中担任过冲锋枪方队的排面长。

即便是这样，王建华也不敢有丝毫的怠慢和放松。

他把自己当成国旗护卫队的一个新兵，拜所有战士为老师，从一点一滴学起、练起。

带队警官的素质主要体现在这三方面：一是基本功，如正步、指挥刀操刀法；二是跟方队的合成，看入列后能不能合成一体，这也是极为关键的一点；三是看能不能指挥方队，组织指挥也很重要。

训练中，王建华除了与战士们一起训练基本的队列动作外，他还要利用休息时间专门练习抽刀、立刀、举刀、分刀、收刀“五把刀”。这些动作要在原地完成难度不大，但要在行进中完成，就有难度了。要成千上万次地练习、磨合。为了把动作做得潇洒威武，王建华每天要练习上千次。左手经常被磨出一串串的血泡，右手还会被刀划出一道又一道的口子。刀把上经常带着血斑，有时候胳膊肿得连衬衣都穿不进去。

这时，1.5 公斤重的指挥刀会重若千斤。

苦是苦了一些，但是王建华却深深地明白自己手中这把刀的非凡意义。

他知道，自己手中的这把刀既不是鲁班修屋的工具，也不是秦琼打仗的武器，更不是眼下年轻人的时尚装饰，它代表着我们民族的威严和形象，也承载着国家的厚望和重托！

因此，他必须克服一切困难，做到力拔千斤，挥刀自如！

功夫不负有心人，三个月后，王建华终于上方队了。

上方队那天，王建华清楚地记得，战士们看他的眼神都和平时不一样了。

中午吃饭的时候，一个班长竟然往他的碗里夹了一块肉。

毋庸置疑，王建华从此就和战士们打成了一片。战士们遇到什么难题都喜欢对他讲，他的指导员当得是有声有色。

王建华在国旗护卫队当了三年的指导员。这三年，他和队长王金耀一起摸索出了一整套带国旗护卫队的路子。其间，也是国旗护卫队建设发展的一个较好时期。

1996年，中队被北京市评为“首都精神文明建设标兵单位”；1997年，因完成香港庆祝活动和升降旗任务荣立集体二等功，同年中队又被武警总部授予“基层建设标兵中队”；1999年，中队党支部被解放军总政治部评为“全军先进党支部”。

每当说起这些荣誉，王建华都会淡淡地一笑，用他一贯特有的含蓄语言说：“成绩是大家的，我只是做了自己应该做的一份工作。”

如果再问起他带国旗护卫队的经验，他会更加简练地回答：“身体

力行。”

话语虽然简洁，但王建华却一语道出了在国旗护卫队当一名称职干部的“四字真经”。在后来的许多年里，直至今日，国旗护卫队的警官们无不以自己的亲身实践来践行着这“四字真经”。

现任国旗护卫队排长的彭凯开玩笑说：“现在在国旗护卫队，来和我抢这把指挥刀的人很多。走进国旗护卫队的每一个干部，在经过一段时间的刻苦训练之后，都可以充满自信地拿起指挥刀。”

27 岁的彭凯来自江西兴国。

这个来自将军之乡的年轻排长又说：“当一个干部真正练成功，成为国旗护卫队的一名带队警官后，只要往队伍前面一站，心中的那股集体荣誉感就会油然而生。”

这也是王建华当年第一次拿着指挥刀站在升旗方队前面，所同样联想到的。

第四章 / 威武与文明铸就的素质形象

1

指导员和中队长

2009年1月18日午夜时分，国旗护卫队指导员王国宾和中队长路伟志到广场上的国旗哨查岗。

今天是两个人上任的当天。这对搭档都感到肩上的担子沉甸甸的。

王国宾的上一任指导员杨胜利刚刚升任副营级干部离开国旗护卫队。和当初王建华来国旗护卫队时一样，王国宾也感到压力很大。

王国宾不是国旗护卫队土生土长的干部，来国旗护卫队之前，他在武警天安门支队的故宫中队当指导员。在正连职的位置上，王国宾已经干了两年了。一般情况下，连职干部三年一调，也就是说，王国宾在国旗护卫队指导员的这个位子上干的时间不会太久。如果没有意外，一年之后，他很可能就要被调整到别的岗位上去了。

只有一年的时间，支队领导为什么会把这么重要的岗位交给自己？这是王国宾自从接到命令后就一直在思考的问题。

领导找他谈话的时候，一个和王国宾要好的战友提醒他，国旗护卫队名气大、荣誉多，去那里好是好，但同时也要付出很多，劝他一定要三思而行。

王国宾没有三思，他马上就愉快地接受了这个光荣的任务。

他觉得，国庆60周年在即，组织上在这个时候把这么重要的担子

交给他，他必须要对得起组织的信任。

走出天安门城楼，广场上华灯闪烁。

夜已经深了，又加上天气寒冷，广场上除了哨兵，几乎没有游人。

远远地，王国宾看到国旗旗杆正伫立在广场当中，两侧的国旗哨兵雕塑一般守护在旁边。

说起来，1995 年入伍的王国宾也算得上是个天安门广场上的老兵了，去指挥学院读书之前，他就一直在天安门广场上执勤。虽然没有在国旗护卫队待过，但对广场上的国旗旗杆也不算陌生。

但今天晚上，看着远处的国旗旗杆，他却有着一种别样的心情。

走在王国宾旁边的是国旗护卫队的队长路伟志。

1982 年出生的路伟志也不是国旗护卫队土生土长的干部，他是 2004 年从特警学院毕业后分到武警天安门支队的。刚来支队的时候，他在防爆小分队当排长，一次师里比武时他的手枪射击拿了个第一名。就这样，路伟志被支队参谋长选调到支队当参谋。2006 年夏天，有着良好军事素质的他又被派到国旗护卫队当副队长。

上一任中队长刘青军走了，由于路伟志副连任职年限不到三年，因此路伟志眼下是国旗护卫队的代理中队长。

虽然是代理中队长，但路伟志也同样感到肩上的担子很重。

这个有着一张英俊面孔的年轻人，又拿出两年前刚到国旗护卫队时的劲头来适应这一新的职务。

从广场东侧的地下通道刚一出来，王国宾就感到一股寒风袭来。在故宫中队就以爱兵著称的他首先想到的不是自己，而是不远处国旗旗杆下的两个哨兵。

春节将近，天气寒冷，天安门广场上一片冷寂。在这样寒冷的夜晚，站在哨位上的兵难免会想家、想亲人。

平时，干部来到哨位上是不可以随意和哨兵说话的，但在这个接近年关的没有游人的寒冷夜晚，王国宾破例了。

他和路伟志像两个兄长一样来到两个哨兵面前问他们冷不冷，大衣里面穿的衣服够不够。两个哨兵十分感动，都纷纷说不冷。

王国宾又叮嘱他们，一定要守好祖国第一哨，履行职责不能有半点马虎和掉以轻心。

哨兵答应着并请中队长和指导员放心。

两个人又来到升降旗设备操控室，仔细检查了设备的运行情况。见一切正常，才又来到国旗旗杆基座下。

不经意间的一抬头，让王国宾忍不住心头一震。虽然在武警天安门支队服役多年，但他却从来没有机会这么近距离地在国旗旗杆下待过。

眼前的国旗旗杆仿佛比印象中还要雄伟粗壮。夜幕中，高高的旗杆直插苍穹。

在这一刻，涌现在王国宾心头的是一种深深的震撼和强烈的责任感。

他用手轻轻地抚摸着冰冷的旗杆，在心里默默地说："请组织放心，我一定会尽心尽力地带好这支部队，完成组织上交给的任务，升好祖国第一旗。"

回去的路上，王国宾和路伟志又谈到了这个问题。寒冷的夜晚中，两个年轻人身上都奔腾着一种热情。

王国宾说："路队长，国旗护卫队是一支有着光荣传统的部队，我们两个一定要配合好，加强部队建设，绝不能让声名远扬的国旗护卫队在我们两个人手上掉链子。"

这也正是此刻路伟志想要表达的意思，两个人真是一拍即合。虽然夜已经很晚了，但此时他们却没有丝毫睡意，于是又一起走进了荣誉室。

一进门，四周墙壁上的图片顿时映入到两个人视野当中。

静静的深夜里，两个人围着荣誉室里四周贴满图片的墙壁转了一圈。

两个人以前都来过国旗护卫队的荣誉室。特别是路伟志，几乎是天天都会到荣誉室里走几趟。但他觉得今天进来的感觉和以前不一样。

国旗护卫队的确是一支有着太多荣誉和成绩的部队。在这支荣誉等身的部队面前，两个人再一次感到了肩上担子的沉重。

最后，两个人在一组整齐的照片面前站住了。

这是一组国旗护卫队历任中队长和指导员的照片。

看着墙壁上的一届届前任，两个人都没有说话，但他们此时心里想的都是一件事：国旗护卫队已经成立了18年。18年里，中队的干部换了一茬又一茬，战士走了一批又一批，但一直不变的是广大官兵在人民群众中牢牢树立起来的威武之师和文明之师的光辉形象。

这是靠一批又一批官兵的共同努力换来的。

在与国旗的朝夕相处中，国旗卫士们对国旗产生了一种特殊的感情，与国旗结下了不解之缘。在工作中，当个人利益与集体利益、国家利益发生矛盾时，当亲情与责任发生冲突时，战士们首先想到的是集体，是祖国，是国旗。

有多少次日出，就有多少个令人难忘的故事。

有多少次升旗，就有多少件感人肺腑的事迹。

作为现任的中队长和指导员，路伟志和王国宾也决不甘落后，两个人都表示要让中队的建设更上一层楼。

透过荣誉室里墙壁上的一幅幅图片，18 年来国旗护卫队官兵履行使命、忠于职守的动人事迹在两个人心头一一划过。

2

上勤就是上战场

在国旗护卫队流行着这样一句话：上勤就是上战场。

有人说这话最初是武警天安门支队第一任支队长陈智说的。也有人说这话是国旗护卫队的战士们自己总结出来的。

现任武警天安门支队支队长杨宏生上校说："对我们武警天安门支队来说，这句话说得真是太准确了。天安门广场位于首都北京的中心，是祖国的心脏，是全国人民向往的地方。支队全体官兵多少年来一直牢记着广场无小事这一政治原则，时刻保持着高度的思想警惕性，认真对待每一次上勤。具体到国旗护卫队，这句话就更是说到了点子上，国旗护卫队的战士们深深牢记'护卫国旗，重于生命'的铮铮誓言，他们珍惜与国旗相伴的每一秒钟，每时每刻都把在天安门广场上的护卫

国旗看成是维护国家主权、捍卫祖国尊严的战场。”

杨宏生又说：“我们的战士当兵时大都十八九岁，在家里还是一个受宠的孩子，是一棵柔弱的小苗，但来到国旗护卫队后，他们却都练成了钢铁的脊梁和意志，都锻炼成了坚强的国旗卫士。作为这支部队的军事领导，我每天都可以听到和看到很多感人的故事，他们每个人身上都有很多感人的故事。”

2000 年入伍的安徽籍战士苏星，曾经是国旗护卫队的一个班长。

一次升旗时，国旗护卫队在经过了一个多小时的热身训练后，整队从东朝房的驻地向天安门广场行进。

队伍中的苏星和其他战友一样，都保持着一种昂扬的精神状态。

那天，苏星的心情非常好。因为就在前一天，他刚刚收到家中亲人的来信。亲人们在信中鼓励他在部队好好工作，升好祖国第一旗。

此时，苏星的脸上带着虔诚而自信的微笑。他要把最好的姿态展现在广场上，展现给那些来观看升旗的国人们。

带着这样的心情，苏星随着升旗方队走出了天安门城楼。

广场上来看升旗的人真多啊，金水桥两侧都站满了人。通过双眼的余光，苏星看到战友们个个精神饱满，他又一次在内心提醒自己，作为班长的自己也一定要不辜负家人和祖国人民的嘱托，一定要拿出最好的姿态来。

意想不到的事情发生了。方队刚下金水桥，口令班长刚下了正步的口令，右脚的第一步刚落地，他突然感到脚底一阵钻心般的疼痛。

头上的汗一下就冒了出来。

为了不让别人看出来，他只是轻轻地皱了一下眉头就忍住了。

虽然没有看，但他感觉到自己的右脚像是被什么东西给扎了。也许是玻璃，也许是根小钉子，也许是一颗大头针。

苏星安慰自己，坚持一下就好了，不就138步吗？一去一回也就是276步，一会儿就挺过去了。

方队在继续向前行进。每往前踏一步，苏星的右脚都是一阵钻心的疼痛。那疼痛从脚心一直向上辐射，到后来，整个右腿都变得疼痛不堪。

苏星一直在坚持着，周围的人一点也看不出来他在忍受着巨大的疼痛。

此时，他的脑海里只有一个念头，哪怕是再疼，他也要和战友们一起把国旗在天安门广场上升起来。

坚持，坚持，一定要坚持！

伴随着一下又一下的钻心的剧痛，苏星一遍又一遍地在心里给自己鼓劲、加油。

终于到达广场的国旗旗杆基座跟前，苏星站在指定位置不动声色地忍着疼痛看着鲜艳的五星红旗在天安门广场上冉冉升起。

那一刻，苏星忘记了疼痛。

那一刻，苏星感到无比的欣慰。

当国旗升到旗杆顶部的时候，随着口令班长的一声令下，苏星和战友们一起一个漂亮的“三把枪”，枪上肩后，方队开始返回。

又是138步，钻心的疼痛又一下一下地磨砺着苏星的神经。

苏星还是在心里默默地告诫自己，坚持，坚持，一定要坚持！

苏星坚持住了，他一步不少地坚持到了驻地。直到最后的一刻，方队的战友们没有一个人发现他有任何异样。

到达驻地东朝房，方队解散后，苏星一下歪靠在了树上。直到这时，战友们才觉察到了苏星的异样。战友们看到他的脸色蜡黄，身上的礼服都被汗水湿透了。

队长王俊华一下奔过来问苏星怎么了，苏星这时才指了指他的右脚。

王俊华赶忙搬过苏星的右脚查看，这一看不要紧，他倒吸了一口凉气。

一根很粗的钉子穿过苏星的马靴底，扎进了他的右脚心。

王俊华试着把苏星右脚上的马靴脱下来，可怎么也脱不下来。

那根粗粗的钉子把马靴和苏星的右脚牢牢地钉在了一起。

最后，在几个战友的协助下，大家才好不容易将苏星脚上的马靴从他脚上脱下来。

自始至终，苏星都没有吭一声。

当苏星脚上的马靴脱下来之后，看着马靴里的半靴子鲜血，队长王俊华的眼睛湿润了。

他又重复了一遍那句经常被大家说起的话："上勤就是上战场，小苏，好样的！"

其实，河南籍的王俊华本身就是一个视"上勤就是上战场"的人。

提干之前，王俊华是国旗护卫队的第一任擎旗手。

一次，在降旗前的热身训练中，因踢正步时用力过猛，王俊华把左脚的拇指踢断了。

王俊华当时就疼得坐在了地上。

中队领导马上叫来卫生员准备送他去医院，但这时距离降旗只剩下20分钟了。

王俊华是队里唯一的擎旗手，一时找不出合适的人来替换。

指导员看到他痛得直不起身，就说："俊华，你放心去医院吧，我找人顶替你。"

王俊华抹了一把额头上的汗，说："指导员，要是平时训练临时换人可以，现在是正式的降旗仪式，万一有点闪失，就会损害国旗的尊严和祖国的形象。我还能坚持，等降完旗我再去医院！"

就这样，在王俊华的一再坚持下，指导员含着泪同意了。

吃了几片止痛药，王俊华带着脚伤上阵了。

王俊华身高1.87米，体重87公斤，齐步走时疼痛还轻一些，一换成正步，左脚就疼得钻心，每走一步都感到十分吃力。

但一想到自己的神圣使命，王俊华还是咬牙坚持着，从表情和动作上都看不出他是一个刚刚脚趾骨折的人。

当降完旗回到驻地后，王俊华的礼服已经被汗水浸湿了，左脚疼痛难忍。由于带伤用力，左脚急性水肿，马靴和脚面紧紧地贴在一起，怎么也脱不下来。战友们只好用剪刀把马靴剪开，才把靴子脱下来。到医院之后，医生说要打上石膏，静养一个月。一想到队里的升降旗任务，王俊华急了，向医生恳求说："医生，我明天还要升旗，打上石膏就不能走路了，还是用别的办法吧。"

在王俊华的一再恳求下，医生只好先用钢板把受伤的脚趾固定起来，然后再缠上绷带。这样一来，王俊华的左脚就比右脚整整大了两个号。

第二天凌晨4点半，他左脚穿46号马靴，右脚穿44号马靴，通信员用自行车把他推到天安门门洞前。

升旗方队要出发了，王俊华扛起国旗又站在了方队的前面，迈着庄重的正步向天安门广场走去。

就这样，王俊华带着脚伤咬着牙坚持了20多天。他的脚肿了消，消了又肿，可他从没有误过一次升旗。

在那些天里，每次升降旗回来，中队干部都问他还能不能坚持，他总是笑笑说："说实话，要在平时，肯定坚持不下来，可是只要国旗一扛上肩，脑子里就只有崇高和神圣，就觉得有使不完的劲，再疼再累也能昂首挺胸向前走。"

被誉为"国旗之子"的陶维革，也是一个把哨位当做战场的好兵。服役期间，有一天陶维革刚接哨不久，胃就开始疼起来，而且疼得越来越厉害，汗水湿透了礼服，牙齿咬破了嘴皮。但他还是咬紧牙关纹丝不动地站在哨位上，一直坚持到下一岗哨兵来接哨。由于疼痛的时间太长，在回营区的路上陶维革昏倒了。当战友们把他送到医院后，才发现患的是十二指肠球部溃疡已经并发急性穿孔。

看到这种情况，给他看病的医生埋怨说："怎么现在才来？如果再晚一会儿就没命了。"

医生立即为陶维革实施了手术。

出院后，陶维革身上留下近20厘米长的疤痕，他对战友们说：“要是换个地方早就挺不住了，当时很想就势坐在护栏的台阶上休息一下。可是，头顶飘扬着五星红旗，身后是庄严的天安门城楼，为了国旗的尊严、祖国的形象，只要有一口气，我就绝不能倒下！”

守卫国旗是国旗护卫队的又一项重要任务。

设在国旗下的哨位不仅特殊，而且是万众瞩目的一个焦点。国旗哨兵的一言一行和一举一动都代表着武警部队的形象和国家形象。为了捍卫祖国的形象和尊严，国旗护卫队的战士们付出了常人想象不到的艰辛和牺牲。

天安门广场上国旗旗杆基座两侧的哨位，既是国旗哨又是礼宾哨。

礼宾哨要求哨兵要按照立正的要领两脚跟并拢，两腿夹紧，收紧小腹。同时要求哨兵挺胸、抬头、收下颌、双手并拢、中指紧贴裤缝线，保持肩平、头正、双眼平视前方。

广场上的哨兵一班岗是两个小时。在这两个小时里，要求哨兵要保持屹立的姿势一动不动。

在游人眼里，国旗下的哨兵是一道夺目的风景。更有不少人以哨兵和哨位为背景拍照。

他们有可能不知道，国旗哨兵应该算是世界上最辛苦的礼仪哨兵了。

礼仪哨兵，在世界上并不罕见，不论是英国白金汉宫的礼仪哨兵，还是俄罗斯红场上的礼仪哨兵，他们在国际上都享有很高的知名度。但与我们的国旗哨兵相比，他们更多体现出的是一种表演性和观瞻性，而且换岗频繁，纪律也相对松散。

像天安门广场上的国旗哨兵这样一站两小时一动不动的哨位，目前还绝无仅有。

然而，国家的尊严、五星红旗的神圣，也正是在这两小时的一动不动中充分体现出来的。

做一个天安门广场上的国旗哨兵，要具备顽强的意志力。这一动不动的两小时，是对人体承受力的一个极大挑战。

国旗护卫队的国旗哨兵并不是一天只站两小时。据统计，最轻松的时候也是“六包一”。就是说一个哨位一天24小时由六个人包揽，除去正常的升降旗之外，平均每人一天还要站两班岗。

但是，由于人员紧缺，在通常情况下，国旗哨兵无法保证“六包一”，而是“四包一”，甚至是“三包一”。

也就是说，每个战士除去参加每天的升降旗仪式外，每天还要站6个小时或者是8个小时的国旗哨。

天安门广场上的国旗哨兵要经受酷暑和严寒的考验。

为了保持威武的仪表和雕塑般的形象，国旗哨兵夏不穿单，冬不穿棉。

夏天，天安门广场完全暴露在阳光之下，没有一丝阴凉，最热的时候地表温度高达60℃。一杯水浇在地上，转眼间就会蒸干。广场上的游人身着单衣短裤，撑起遮阳伞，还会觉得酷热难耐。而守护在国旗下的哨兵，外着厚实、笔挺的礼服，腰间扎着腰带，头戴大檐帽，脚穿制式皮鞋，手戴白手套，一动不动地一站就是两个小时。一班哨站下来，衬衣能拧出水来。厚重的皮鞋里也是水汪汪的，脚掌常常被汗水浸泡得泛白流血。

夏天国旗哨兵上哨时，头顶烈日，太阳刺得睁不开眼，哨兵容易犯困。战士石岩发明了一个小绝招，每逢上哨时就把一枚图钉放在手套内，若困了就用紧贴裤缝的手使劲刺自己的腿。

为了护卫好国旗，守好祖国第一哨，我们的国旗卫士就这样悄悄地“享受”着这种痛苦。

夏季，国旗下的哨兵除了要承受酷热的考验外，还要忍受昆虫的骚扰。

一个炎热的下午，哨兵段俊堂屏气凝神地站在哨位上。忽然，一只小蜘蛛前来造访。这只蜘蛛一开始是在段俊堂的后脖颈上寻寻觅觅，搞得段俊堂奇痒难耐。

要是搁在平时，这是一件再容易解决不过的事情，只消伸出两个手指轻轻一弹，就能把小蜘蛛弹走。

但此刻却不行，段俊堂正站在祖国的第一哨上。他的眼前是庄严神圣的天安门广场，而在他的头顶上方，就是伟大的五星红旗。

为了捍卫祖国的尊严，他要保持哨兵的威严形象。所以，段俊堂就只好忍着。

过了一会，那只小蜘蛛又爬到了段俊堂的脖子前面，在他下巴的下方又是一阵忙碌。

尽管忍受奇痒并不比忍受剧痛更容易，但段俊堂还是以极大的毅力在忍受着。

他安慰自己，时间很快就会过去的，坚持就是胜利。

见段俊堂纹丝不动，小蜘蛛大概是把身穿橄榄绿警服的他当成一棵根深叶茂的大树了，更加愉快地在段俊堂的脖子上嬉戏起来。到了后来，经过一番实地考察之后，小蜘蛛似乎是相中了这个地方，居然“心安理得”地在段俊堂的脸上织起网来。

到了换岗的时候，段俊堂的脸上已经结了一层网。

有着被小蜘蛛在脸上织网遭遇的人不止段俊堂一个。

战士巴伟有一次上国旗哨时，先是有一只小甲虫从裤腿里钻了进去。那小甲虫在他的腿上一会爬一会咬，弄得他浑身上下奇痒难耐。紧接着，又有一只蜘蛛也爬到了他的身上。那蜘蛛一会钻进领口，一会又爬到他的脸上。见巴伟纹丝不动，那蜘蛛大概也是把巴伟当成了一棵大树，开始自由自在地在他的脸上吐丝拉网。等到巴伟下哨时，巴伟的领口和脸上已经被蜘蛛拉上了密密的一层网。

我们的国旗哨兵就是这样，时刻把哨位当战场，牢记自己肩上的神圣使命，努力用自己的实际行动来诠释着自己对五星红旗、对伟大祖国的无限热爱和忠诚。

一次，老兵陈国学在站国旗哨时，后脖颈被一只坠落下来的风筝上的尼龙线割破了一道 4 厘米长的口子。鲜血顿时染红了他的白色衬衣。但他还是一声不响、一动不动地继续履行哨兵的职责，保持着雕塑般的庄严形象。

广场上的群众看不下去了，走过来纷纷劝他下哨去包扎处理一下。但陈国学还是一直坚持到了下哨时间才肯离开哨位。

对于夏不穿单、冬不穿棉的国旗哨兵来说，夏天要忍受酷暑，冬天要忍受严寒。

每到三九隆冬，天安门广场上没有任何遮拦的国旗哨四周总是格外寒冷，气温时常达到零下十几摄氏度。国旗哨四周简直就是一个滴水成冰的冰窖。

执勤哨兵不穿棉衣，不戴棉手套。头上虽然戴着棉帽，但白天又不能放下帽耳护耳。哨位上，两个小时下来，风直往衣领里灌，耳朵、手脚都被冻麻木了。有时候连下巴也被冻僵了，下哨后好一会说不出话来。

一次，广场的气温为零下18℃，湖北籍战士胡兰州接哨不到半小时，就被冻僵了。待到换岗时膝盖已经被冻得发硬，40厘米高的岗台，竟迈不下来。

在战友们的搀扶下，胡兰州才瘸着腿回到了宿舍。

中队长一时没注意，没有经验的胡兰州急忙在脸盆里倒了一暖瓶开水，把手伸到里面，冻僵的手指竟然感觉不到烫。

接着他又把毛巾在脸盆里泡了一下，稍微拧了拧，就仰起头敷在了脸上。

不料等他把毛巾取下来时受冻的表皮已经沾在了热毛巾上，额头和颧骨处露出粉嫩的肉皮。

因此，小胡的脸上留下了永久的印记。

在国旗护卫队，像小胡这样克服严寒忠于职守的战士数不胜数。

战士们有句话说得好："严寒可以冻坏我们的手脚，却摧不垮我们的意志。只要往国旗下一站，即便是再冷再痛，我们也不会有丝毫退缩。"

说起这些国旗护卫队的官兵们履行职责、忠于职守的感人事迹，杨宏生如数家珍。激动之处，泪水在这个铮铮硬汉的眼窝里直打转。

最后，杨宏生支队长说："我们的护卫队员，无论是在炎炎夏日，还是在数九寒冬，为了护卫国旗他们总是那么英姿挺拔。不明实情的人还以为我们的国旗卫士们有什么特异功能。其实，和我们常人一样，他们也是父母所生，常人之躯。他们之所以能抗严寒战酷暑，只因为内心一直装着'护卫国旗，重于生命'这样一条铮铮誓言。"

3

苦与乐的思辨

还是在国旗护卫队刚成立的时候，他们曾经收到过这样一封来信。信是一个天真可爱的西北小学生写的。这位小学生曾经在电视上看过天安门广场上的升旗仪式，对国旗护卫队的叔叔们十分敬佩。他知道国旗护卫队的叔叔们训练、执勤很辛苦，向叔叔们表示了由衷的问候。但在信的末尾，这位小朋友充满向往地写道："叔叔，等我长大了，也要去北京，住在皇宫大殿里给祖国升国旗。"

最后的这一句充满童趣的话，把国旗护卫队的战士们都逗乐了。

是的，在许多不了解实情的群众眼里，国旗护卫队这个满载着荣誉和鲜花的集体一定是生活优越的，猜测着他们无论是吃还是住都要比一般部队优越很多。

殊不知，我们的国旗卫士在生活待遇上和一般部队完全没有什么两样。相反，由于客观条件的限制，在有些方面甚至比一般部队还要艰苦。

就拿居住条件来说，国旗班时代，一个班的十几个战士挤在工人文化宫西北角靠近筒子河的一间不足20平方米的阴暗的小屋里。那小屋墙皮脱落、青砖暴露，门窗更是破旧不堪。就是居住在这样一间小屋里，一代又一代的国旗卫士把国旗班铸成一个永久的经典。

20世纪90年代国旗护卫队成立以后，国旗卫士们住进了东朝房。南北长条形结构的东朝房是国旗卫士们的驻地，同时也属于故宫文物保护群，是国家一级保护文物。

住在这里是一种荣耀和幸运，更多的还是一种约束和不便。如果不得到有关部门的批准，房间里连一根钉子也不能随便钉。

东朝房坐东朝西，每个房间都呈南北长条形，但却不能随便隔挡开，只能几十张床铺放在一间屋子里。

部队里空调普及之后的很多年里，东朝房一直没有空调，甚至连个吊扇都不能安，这样做也是出于保护国家文物的考虑。

直到最近的几年里，在武警部队和有关部门的关怀下，我们的国旗卫士才用上了立柜式空调。在有关部门的监管下，在不破坏其文物价值的前提下，古旧的房屋也得以重新装修。

国旗护卫队是一支肯吃苦、肯付出、肯牺牲的部队，也是一个承载着无上荣誉的集体。正是由于国旗护卫队的这种特殊地位和身份，自从组建以来，一代代支队领导都把打牢战士思想根基当成头等大事来抓。

还在国旗班时代，有关苦与乐的思辨就成为国旗卫士们时常探讨

的一个问题。

国旗护卫队是个特殊的集体，在这个集体里，荣誉与艰苦同在，鲜花与磨砺同在，掌声与奉献同在。

就如何处理好这“三个同在”，从根本上打牢战士的思想基础，一直是国旗护卫队各级领导高度关注的一个问题。

这些年来，国旗卫士给出的答案令各级领导十分满意。

在国旗卫士的心目中，祖国利益高于一切，为了确保升好祖国第一旗，其余的一切都可以舍弃。

说起国旗卫士的这种苦乐观，现任武警天安门支队政委张永利百感交集，似乎有着无限的感慨。

张永利是个富有哲思的干部，在这种哲思的背后，蕴涵的是感性和细腻，既爱兵如子，又酷如严父。他已经在支队政委这个位子上干了四年。四年里，他对国旗护卫队这支部队关爱有加。

张永利说：“与其说是我和支队长在领导着这支部队，不如说是这支部队在用他们的一贯精神时刻感动着我们，这些年轻的士兵在用自身的切身实践阐释着当代军人‘忠诚于党、热爱人民、报效祖国、献身使命、崇尚荣誉’的核心价值观。”

国旗护卫队驻守在故宫午门外的东朝房，营区与外界紧密相连，中间只隔着一道护栏。营区内外是截然不同的两个世界。一边是林立的商亭和形形色色的游人，一边是不停的训练和铿锵的口令声。这两者之间强烈的反差，势必会撞击着年轻战士的心扉。

战士们在搞一些爱国主义教育活动时，经常会有学生问：“现在许多叔叔阿姨都下海经商挣大钱，你们这么刻苦地去训练，每个月却只拿百十块钱的津贴，你们不觉得太吃亏太辛苦吗？”

战士们是这样回答的：“没觉得吃亏，苦是苦了些，但我们觉得能站上祖国的第一哨，能为国旗站岗放哨感到无比的光荣和自豪！”

国旗护卫队的战士平均年龄还不到20岁，他们就是这样用爱国主义的高尚情操来阐释自己的苦乐观的。他们每天精神抖擞地完成升降旗任务，从来不曾有过失误，没有对祖国的深厚感情，没有对国旗的深刻理解，是不可能做到的。

中州古籍出版社编辑刘春龙曾经发表了一首名为《选择》的诗，诗中这样写道：

人的一生，有很多选择；
但是祖国，只有一个。

人的一生，有许多割舍；
但对祖国，我永远执著。

祖国啊祖国，亲爱的祖国，
您知道江河为什么总是眷恋着小溪？
您知道小溪为什么总是朝着江河奔波？
我多想像小溪一样投身于您啊，
投身于您，我就可以成为大江大河！
我多想像小溪一样投身于您啊，
投身于您，我就可以成为大江大河……

曾任国旗护卫队队长的刘青军是个有心人，他精心收藏了这首诗，

他说，这首诗就是国旗卫士们的情感写照。他们心向祖国，为了祖国，他们甘愿把自己化作小溪里的一滴水，他们决心在忠于祖国的伟大实践中，提升自己的人生境界，扩展自己的人生框架。

为了护卫国旗，国旗护卫队的战士们付出了常人无法想象的辛苦和努力。有一年，老兵复退的时候，支队的一位领导到国旗护卫队去看望即将复员的老兵。当这位领导问一个老兵有什么愿望时，这位老兵说希望在他复员之前能够去故宫看看。支队的领导顿时就蒙了，国旗护卫队和故宫正门只有不足百米的距离，他不敢相信服役三年的战士竟然没有去过一次故宫。

当知道国旗护卫队因为执勤繁忙，有许多战士直到复员都没有去过故宫时，这位支队领导难过得流下了眼泪。

这位支队领导又问另一位战士有什么愿望时，这位战士说出的话也令他感慨万端。这是一位来自西南边陲的战士，在他服役的三年里，他没有探过一次家，他唯一的愿望就是把即将要摘下的帽徽、领章带回家给父母看看，然后再给部队寄回来。

这就是我们的战士，为了护卫国旗他们舍弃了一切，包括美好的青春时光，也包括宝贵的至爱亲情。但我们的战士却没有丝毫的怨言，因为在他们的心目中，对祖国的爱超越一切，祖国利益高于一切。

天安门广场是北京最繁华的地方之一，官兵们守卫着黄金地带，却自觉屏蔽生财之念。不管受外界多大的冲击，经受多大的诱惑，干部战士爱旗、护旗的信念一直没有动摇，保卫国旗、捍卫祖国尊严的决心一直没有改变。

一次，南方某企业表示，要给国旗护卫队捐赠10万余元的空调机，但同时提出一个条件，捐赠仪式要上中央电视台，他们追求的是一种企业广告效应。同年7月，一家伞厂也主动找到国旗护卫队，愿无偿提供一部分巨型太阳伞，但同时也提出了个要求，希望在伞上标明厂家赠送的字样。当时正值盛夏时节，战士们在烈日下执勤，酷暑难挨。下哨后，三十几个身材高大的小伙子挤在闷热的屋子里，许多战士身上都长满了痱子。这些，干部们都看在了眼里疼在心头，也非常想改善一下战士们的生活条件。但为了不让国旗沾染上任何商业色彩，为了坚持中队党支部作出的“为国旗争光，不沾国旗光”的原则，干部战士们毫不犹豫地谢绝这两家企业的捐赠。

数不清的故事，举不完的事例，都明明白白地告诉我们一个简单朴素的道理，国旗卫士们从护卫国旗的实际行动中源源不断地汲取了爱国主义的营养，他们感受到了自己的责任神圣，体会到了无比的光荣，继而转化为对人民的爱，对祖国的爱，具体到不求任何回报的对国旗的爱，即便是再苦再累也心甘。

爱国主义是国旗护卫队官兵的巨大精神支柱，是他们战胜一切困难的强大动力。

列宁说：“爱国主义是千百年来形成的对自己的祖国的一种最深厚的感情。”

任何一个民族的发展进步，都离不开本民族成员热爱祖国的生命激情的激励，离不开本民族成员忠诚祖国的生命理念的启迪和引导，离不开人们献身祖国的生命情操的自觉和持守，离不开人们建设祖国

母亲的生命活动的推动。这种流淌在民族文明长河的物质之躯、沉积在祖国发展历史的精神之体中的生命情结，是民族文明进步的生命之根，也是人民团结奋斗的力量之源。这种物质与精神交织互渗的神奇力量就是爱国主义。

爱国主义是一个永恒的主题，爱国主义在不同的历史时期有着不同的内涵。国旗护卫队的战士们天天把太阳迎进祖国，把国旗升起在亿万华夏儿女的心中。他们时时刻刻护卫着共和国的象征，用实践谱写着爱国主义的篇章。

国旗无语，但她却是每一个炎黄子孙都能听得懂的语言；国旗无价，但她却是国旗卫士一生中的最高荣誉。国旗护卫队的全体官兵始终牢记党和人民的重托，把强烈的爱国之情倾注在岗位上。他们不负众望，不辱使命，以自己的实际行动践行着自己的苦乐观，牢固树立了忠诚之师、威武之师、文明之师的良好形象。

4

国旗的表情

国旗是有表情的。国旗的表情是与祖国同呼吸共命运，与人民同甘苦共患难的。

原国旗护卫队一排长王东永远也忘不了2008年5月12日下午的事情。

那天下午，四川地震的消息刚传开时，大家并没有太当回事，以为只是局部小级别的地震。随着消息的越来越多和越来越具体，队员们的表情渐渐凝重起来。队里有几个2006年入伍的四川绵阳兵，其中李波、徐伟、范川、杨成就在当天的降旗方队里。

离降旗时间还有一个多小时的时候，王东和往常一样带着队伍在驻地门前的训练场上做热身训练。

王东发现，战士们的精神状态和平时显然不一样，每个人脸上都显得心事重重，四个绵阳籍的兵就更是显得忧虑和沮丧。地震后，他们几个都用电话和家里联系过，但由于通信中断，至今不知道家里的具体情况。

王东非常理解他们此时的心情。

其实，王东也在惦记着震区的情况，但作为一个带队警官，他更知道自己眼下最应该做好的事情就是带领方队的战士们完成好降旗任务，不能出半点纰漏和闪失。

考虑到战士们此时的心理状况，王东有意缩短了降旗前的热身训练时间。他抽出一点时间在队伍面前给大家做了出发前的动员。

王东说："四川地震了，我们大家都很关心，我非常理解此时大家的心情。我们有几个战士是绵阳的，我更理解你们几位此时内心的那份对亲人的牵挂与惦念。但是，无论发生了什么事，我们都不能忘记了我们的职责。我们是国旗卫士，国旗代表着祖国的形象和尊严，越是当我们的国家面临这种危难关头的时候，我们越是要护卫好国旗，完成好升降旗任务。"

看了一眼方队里的四个绵阳籍战士，王东又说："我是你们的大哥，现在马上就要到降旗时间了，我希望大家在这个时候能够排除一切干扰，一心一意地完成好降旗任务。大哥也向你们四个做个保证，等会降完旗回来，我把队长、指导员还有副队长的手机都借过来，再加上我的，你们四个人一人一部手机，接着和老家联系，直到联系上为止。"

方队里的四个绵阳籍战士眼里都含满了泪水，当王东问大家有没有信心完成好任务时，他们几个回答的声音格外洪亮。

17点15分，王东带着方队从天安门城楼下出发了。手举指挥战刀的他把对灾区人民的无限惦念化为标准的军姿。从身后传来的那犹如呼吸般富有韵律的步伐声中，他知道身后的方队已经凝聚成了一个人。

降旗归来，王东说到做到，他把自己的手机连同从队长、指导员、副队长那里借来的三部手机一起拿给方队里的四名绵阳籍战士，让他们连夜和家中联系。由于受地震影响，电信信号中断，那天晚上他们都没能和家中的亲人联系上。到了第二天升完旗回来，队里的领导继续和他们一起与远在四川绵阳的家人联系。队里的一些绵阳籍战士陆陆续续地和老家联系上了。值得庆幸的是，方队里的四个战士家中除了财产有些不同程度的损失之外，并没有人员伤亡。队里的另外几个绵阳籍战士中只有许义文的外公在地震中去世，其他几人家中也没有人员伤亡。

但是，灾区传来的消息却是越来越严重，越来越让人揪心。

收看电视的时候，许多战士都哭了。

他们为灾区受灾受难的群众而哭泣，为灾区人民子弟兵想方设法救助灾民的感人事迹而哭泣。

那些天，战士们着急啊，一心想为灾区群众做点什么，可又不知自己能够做些什么。后来，战士们开始自发地为灾区群众捐款。尽管战士们的收入不高，可每个战士的捐款数额都在千元以上。

5 月 18 日下午，国旗护卫队接到了从 19 日起连续三天降半旗为灾区死难群众致哀的通知。

消息传来，国旗护卫队的战士们倍感欣慰。他们总算可以通过自己的方式为灾区做点什么了。

然而，现在队里无论是干部还是战士没有任何一个人经历过降半旗的事情。

为了成功地降下半旗，为了真切地表示对在地震中罹难同胞的哀悼，5 月 18 日晚上 10 点之后，官兵们来到广场上练了一遍又一遍，生怕有半点的差错。

5 月 19 日凌晨 4 点 52 分，带队警官王东手持指挥战刀带着升旗方队向广场进发。

虽然看不到后面的队伍，但王东依然觉得他身后的队伍整齐得如同一个人一般。透过那犹如呼吸般富有韵律的矫健步伐，他感受到的是一种从未有过的悲壮以及一种空前的团队凝聚力。

4 点 57 分，随着雄壮国歌声的响起，升旗手高红甫振臂把国旗撒开，鲜艳的五星红旗徐徐升起在天安门广场上空。

当五星红旗升到旗杆顶部时，王东郑重庄严地喊出“降半旗”的口令。这时，在操控室的战士刘岩用手工机械操作把五星红旗降到旗杆的上三分之一处。

当国旗在旗杆的上三分之一处停住的时候，广场上的群众和方队所有队员的眼睛都湿润了。

新中国成立59年以来，这是天安门广场上空的五星红旗第一次为平民而降。

此时，仰望国旗，人们发现国旗的表情是凝重而悲伤的。但于这种凝重和悲伤之中，又蕴涵着一种不屈不挠的进取和奋发精神。

中国人民是压不垮的，正如温家宝总理在视察北川中学时所说："如果说我们从这场灾难中得到了什么，我认为最重要的就是面向光明的未来，正如太阳总会出来一样，未来永远是光明的，一个民族的灾难总会有民族的进步来补偿……"

5月19日下午2点28分，全国为灾区死难民众鸣笛默哀三分钟。国旗护卫队的官兵们也来到广场和人民群众一起向在地震中死去的同胞们致哀。

官兵们被深深地震撼了。这些自发而来的群众在广场上汇成人山人海。他们眼含热泪地高喊着"中国加油"、"中国挺住"的口号。那种团结的气氛和场面令每一个中国人感到欣慰、自豪和骄傲。

团结就是力量，有了团结就没有渡不过的难关。

降下半旗的五星红旗在半空中徐徐飘扬，这鲜红的旗帜感召着华夏儿女化悲痛为力量，在国旗下去攻坚克难、创造新的辉煌！

第五章 / 离开国旗护卫队的日子

1

光荣的人儿也要退伍

这是国旗护卫队老兵赵新风在他的《天安门国旗班长讲国旗》一书中讲述的一个真实故事。

当年国旗班的旗手严广军是个非常优秀的士兵，军事素质一流，形象气质大气。国旗班时代，他常常担任三人升旗小组中间的擎旗手。

严广军来自山东胶东半岛的牟平。牟平民风醇厚，人心向善。当老家的乡亲们知道严广军成为天安门广场上的国旗手之后，都为严家感到高兴，也为牟平感到自豪。

在牟平，严广军是个远近闻名的光荣人儿。一提起他，乡亲们没有不跷大拇指的。

那些年里，来严家给严广军提亲的人多得都快踏破了门槛。

1991 年底，严广军退伍了。

乡亲们一看到摘了帽徽、领章的他回到老家，无不惊讶得睁大了眼睛。

这么光荣的人怎么也会退伍？

乡亲们不理解，还以为严广军犯了什么错误。

是啊，在天安门广场上升国旗，那可不是一般的光荣。怎么说

退伍就退伍了呢，而且还连个党员也不是，真是太让人感到意外了。

在群众的心目中，在天安门广场上升国旗的这么光荣的旗手就应该留在部队。即便是不留在部队，至少也应该入党。

群众的这种想法是善良的，也是合乎情理的。但群众却不了解国旗护卫队的具体情况。

的确，凡是能进国旗护卫队的兵，都是百里挑一、万里挑一的好苗子。正如武警天安门支队的一个军事领导所说，每一个进入国旗护卫队的兵，在别的连队都是精英和骨干。

是的，国旗护卫队的兵的确是群英汇集，个个都是出类拔萃。但有一点是群众所不了解的，那就是在广大群众中享有极高荣誉的国旗护卫队在编制上只是武警部队的一个连队，部队每年提干、考军校和入党、立功受奖等都有严格的名额比例限制，和其他连队是同等待遇，并没有任何特殊照顾。

当一个国旗护卫队的兵，是光荣的。但在这种光荣的背后，一代又一代的国旗卫士也付出了常人难以想象的奉献和牺牲。

俗话说“养兵千日，用兵一时”，但国旗护卫队的兵却是“养兵千日，用兵千日”。

国旗卫士们自从踏进东朝房的第一天起，就每天忙于训练、升降旗和站岗等事务性工作，常常是直到复员的前一天还在执勤岗位上，平时根本就没有太多的自主时间用来学习。

铁打的营盘流水的兵。

多少年来，一批又一批的老兵走了，一批又一批的新兵又补充进来。不变的是祖国第一哨的钢铁卫士，永恒的是天安门广场上空高高飘扬的五星红旗。

一谈起那些离开国旗护卫队的老兵，现任国旗护卫队副指导员刘双林深有感慨。

他说："所有在这个集体里待过的老兵都对国旗有着很深的感情，战友与战友之间的关系也很融洽。老兵们对中队、对国旗的感情太深了，我们中队的干部每到退伍的时候都不忍心送老兵，那种场面很让人伤感。这几年老兵退伍都是我去买的票，老兵们都要求我买最后一天的火车票，他们都不愿意先离开国旗护卫队。去年，第一批老兵走的那天早晨下起了零星小雪，晚上老兵们都没有睡，他们打好背包坐在宿舍里等着看升旗。他们都沉默着，就那么静静地等着。这是他们在国旗护卫队的日子里最后一次看升旗。最后一批老兵走的时候也令人揪心。当时营区里正播放着《送战友》这首歌，背着背包的老兵们泪流满面。他们先是挨个与放在门口的旧国旗依依惜别，然后又与战友们一一握手，与生活了几年的营区依依惜别。当时正值下午，故宫里的许多游客都被这激动人心的一幕感动了，许多人也洒下了感动的泪水。"

说到这里，刘双林的眼睛也湿润了。

他停顿了片刻，擦了一下眼睛，接着说："真的，我们中队的干部都不喜欢送老兵，情到真处就是特别伤感。有的老兵退伍回家刚办理完手续，很快就又回到了北京。他们到北京首先就要到中队来报到，跟中队的老战友们说一声自己的去向。这是我们中队的传统，只要是从国旗护卫队出去的人，不管离开这儿多少年了，每年都要到中队来走走、看看、聚聚。来的第一件事就是跑到旗杆下向国旗敬一个庄严的军礼，然后去广场上看升旗仪式，不停地抚摸和亲吻着国旗。”

刘双林沉吟片刻，表情严肃地说：“我无法想象，等到我离开国旗护卫队的那一天，我该怎么办？”

湖南籍的陈聚志到今年为止，已经在国旗护卫队服役八年了。在国旗护卫队，像他这样的八年老兵只有两个。除了陈聚志之外，还有一个叫黄欣的老兵。陈聚志是二班班长，黄欣是六班班长。

除了担任班长职务之外，两个人还都是中队里的代理排长。他们都是中队的骨干力量。但目前，他们两个都面临着一个问题，那就是个人的去向问题。

在国旗护卫队待久了，大家都回避一个问题，那就是老兵的复员问题。陈聚志和黄欣到今年年底都是二期士官合同期满，到了不得不考虑这个问题的时候。

当被问及对这个问题是怎么打算的，陈聚志却把话题转到了他前年回家探亲的事情上。

陈聚志说：“几年没有回家也几年没有睡懒觉了，刚回去的头几天还很新鲜，每天睡到天大亮，白天就去串亲戚看同学。可是，一周以后就觉得那种日子很无聊，心里痒痒的，觉得没有事可做。到了后来就在家里待不住了，每天一到升旗的时间就自动醒了。到了后来就觉得多日没拿枪的手开始发痒，最终只得提前归队。直到看见广场上五星红旗的那一刻，心里才会感到踏实。”

我们终于明白了小陈的意思，他是在用另一种方式回答我们的问题。

他的意思是，他不想离开国旗护卫队，也不想离开国旗。

但是小陈也明白“铁打的营盘流水的兵”这个道理，更懂得军人的天职就是服从命令这一铁的纪律。当我们再一次问及这个问题时，他思考了片刻说：“我的想法是，自己在部队上能多留一天就多留一天，能多升一天旗就多升一天旗。”

说到这里，小陈的眼里有一丝沉郁，更多的却是一个老兵的坚毅和沉稳。

说这话的时候，小陈看上去很平静，透过他的这种平静，我们看到的是一个优秀士兵的品质。

是啊，国旗护卫队的兵都感到自己岁月匆匆，自己当兵的时间太短暂了，恨不得能够在天安门广场上升一辈子的旗。

与其说他们是对中队有着一种永远也难以割舍的感情，不如说他们是对伟大的五星红旗有着一种无法割舍的情缘。

自从国旗护卫队成立以来，每年都会有三四十名老兵光荣退伍。他们的人虽然离开了祖国第一哨，离开了天安门广场上的祖国第一旗，但从心底里，他们却感到自己和国旗贴得更近了。

国旗精神和国旗文化已经融进了他们的内心，成为他们生命中的一部分，也成为他们精神世界里不可替代的一部分。

2

误会当中见真情

1994年11月30日，傍晚6时许。

设在中山公园的国旗护卫队饭堂里的气氛十分沉闷。几十个刚刚接到退伍命令的老兵，正坐在饭桌前吃中队专门为他们准备的饯行饺子。

1991年入伍的毕可军也是这一批的复员兵。

毕可军是山东文登人，和侯常伟是一批的兵。在国旗护卫队，毕可军是个擎旗手。与国旗相伴的四年中，他是个非常优秀的兵，曾立过功受过嘉奖。

四年里，毕可军由一名不谙世事的懵懂社会青年，成长为一名成熟、稳重、干练的男子汉。四年里，他也与国旗结下了深厚的感情。“护卫国旗，重于生命”的誓言已经深深地渗透到他的骨子里。

每个老兵的胸前都戴着一朵大红花。

毕可军记得，四年之前参军的时候，胸前也曾戴过大红花。不同的是，四年前浮现在毕可军脸上的是幼稚而充满向往的微笑，而如今刻满他脸庞的是对国旗和军旅生涯的眷恋和依依不舍。

铁打的营盘流水的兵。早就知道会有这一天，但毕可军却一直不愿意面对这一天。他希望自己能够留下来，留下来继续与国旗相伴，留下来继续当他的擎旗手。

但理智又告诉毕可军，这是不可能的。部队是个战斗的集体，也是一个永远年轻的集体。要保持部队的战斗性，就要永葆其年轻，因此新陈代谢，老兵离去、新兵进来，是其永远不变的法则。

想到这里，心情凝重的毕可军又有些释然。

但毕可军却怎么也咽不下嘴里的饺子。

此刻，与国旗相伴的1000多个日日夜夜，像过电影一样在他眼前划过。

他舍不得走，舍不得离开朝夕相伴的战友，更舍不得离开国旗。

见毕可军吃不下饭，指导员谢辉走过来拍了拍他的肩膀，劝他多吃一点。谢辉的眼里含着泪，他知道他的兵们的心思。

看着指导员，毕可军再也忍不住了。

这时，他忽地站了起来，一把拉住了指导员的手，眼含热泪恳切地说："指导员，我有一个请求。"

谢辉一怔，看着毕可军说："请讲。"

与其他部队不同，在国旗护卫队，复员的老兵提出的要求都是与国旗有关的事情。

记得上年一个退伍的老兵，曾向中队提出要一面在广场上用过的旧国旗。广场上的国旗是每天一换，每一面国旗都有编号，换下来的国旗要上交到天安门管理委员会统一收藏。

那个老兵说，他在天安门广场上升了三年旗，可他在老家的父母一次也没有亲眼看到过天安门广场上的国旗。

谢辉十分理解这个老兵的心情，可要一面广场上升过的国旗并不是一件简单的事情。最后，他说服这位老兵，送给他一面从商场里买来的小型国旗。

看着眼前的毕可军，谢辉不知道自己的这个兵会提出什么要求。

就在这时，只听毕可军说："指导员，我想再到旗杆那儿去看看。"

谢辉非常理解退伍战士对国旗的眷恋和这份特殊的感情。他眼里含着泪，拍着毕可军的肩膀说："我陪你去。"

天已经麻麻黑了，走出天安门城楼，远远地就看到已经降下国旗的旗杆在远处伫立着。旗杆两侧依然是两个雕塑般的哨兵。

所有这一切都让毕可军触景生情。

他急切地向广场奔去，去向哨位上的战友、去向战斗过1000多个日日夜夜的地方做最后的告别。

来到国旗哨位，满含热泪的毕可军围着旗杆基座转了一圈又一圈。

抬头仰望耸入云霄的国旗旗杆，回想着自己在国旗护卫队的日日夜夜，毕可军的泪水再也忍不住了，哗哗地流淌下来。

毕可军是国旗护卫队的第二任擎旗手。当年得知中队要把他作为擎旗手来培养时，他就曾立下"护卫国旗，重于生命"的誓言。

当初，为了扛起这面旗，训练时他可是吃了不少的苦头。但为了护卫国旗，再苦再累也心甘，再苦再累也不觉得苦和累。和所有战友一样，毕可军从来没有因为训练和执勤的辛苦而流过半滴泪。但此刻，即将离开哨位、离开国旗的他却是泪流满面。

天色已经不早，谢辉和几个战友上前劝毕可军回去。

开着轿车专程来接毕可军的叔叔也劝他回去。

毕可军依依不舍地离开旗杆基座，但是刚走了没几步，他就又跑了回去。毕可军从口袋里拿出一条崭新的毛巾，将国旗下的汉白玉护栏逐个擦了一遍。他边擦边流着泪对身边的战友说："我要走了，我再也不能与你们一起守护国旗了。我只有一个心愿，你们一定要把国旗升好，护卫好！"

说完，他又走上基座，双手抱紧旗杆无声地哭起来。

俗话说，男儿有泪不轻弹。只因为就要离开战友，离开神圣的国旗，泪雨滂沱的毕可军再也关不住感情的闸门。

在指导员和战友们的反复劝说下，毕可军依依不舍地离开了旗杆基座。

华灯下，泪流满面的他向着国旗旗杆行了最后一个庄严的军礼。

毕可军回到文登老家，就开始跟着在当地经商颇有名气的叔叔学习经商。几年之后，毕可军自己的石料场和养殖场就相继开办起来。

在当地，毕可军也成了一个颇有名望的年轻企业家。

有了名望和业绩的毕可军并没有忘记国旗护卫队，更没有忘记国旗。

国旗护卫队和国旗已经深深地印到了他的心里。

在毕可军两层楼的家中，他把二楼的一间屋子专门布置成在部队时宿舍里的样子。几张床上都是豆腐块一样的军用被，墙上是整整齐齐的黄挎包，就连桌子上的洗漱用品也像在部队时的摆放方法一样，排成齐齐的一列。

这是毕可军为战友们专门准备的房间。毕可军的家已经成了一个国旗卫士们聚会的场所，已经退伍的和没有退伍的战友们时常会来他这里聚一聚，聊一聊。

他们聚在一起的主要话题就是国旗护卫队，就是升旗。

侯常伟是毕可军那一批兵里唯一一个提干后至今还留在部队的人。每次只要侯常伟一回来，得到消息的毕可军都要把所有战友召集起来聚一聚。

侯常伟记得，有一次因为事情多，回去的时间又短，就没有和老战友们联系。谁知，侯常伟刚回到北京，毕可军“声讨”他的电话就跟了来。“声讨”过后，毕可军给侯常伟定下一条规矩，每次回家都要去他那里报到，战友们要聚一聚，让他讲讲国旗护卫队的情况。

从那以后，侯常伟每次回来都照此规矩办，从没有违背过。

有一回，休假回老家的侯常伟下地帮父母栽水稻。正一身泥一身水地干着活，毕可军开着车来接他，说是老战友都召集好了，就差他这个主角了。

穿着一身作训服的侯常伟想回家换一身衣服再去，毕可军说不用换，这样就挺好，战友们都等急了，拉他赶紧上车。

侯常伟被毕可军拉着上了车。

到了聚会的那家饭店，几十个退伍的老国旗护卫队队员已经坐满了大厅里的几张桌。

想不到这家饭店的老板也是个当兵的出身，见穿着作训服的侯常伟一身泥水地走进来。他把侯常伟拉到一边悄悄地问他：“兄弟，还在部队上干呢？”

侯常伟点点头说：“是的，还在部队上。”

那饭店老板又说：“兄弟，瞧你把这身衣服穿成这样。你知道吗，一旦离开部队，想再穿这身衣服就不容易了，珍惜现在在部队的日子吧。”

看着饭店老板那凝重真诚的表情，侯常伟又点了点头。

开始吃饭了，好几桌的战友都争先恐后地提出各自的问题，纷纷让侯常伟讲一讲国旗护卫队现在的情况。有的问这，有的问那，大家热情都很高。仿佛顷刻之间，大家又回到了在国旗护卫队的日子。

酒过三巡，一个战友突然提出来要听歌，唱卡拉ＯＫ。别的战友也纷纷响应，但提出一个条件，要听军曲唱军歌。

也是当兵出身的饭店老板赶忙找来大量的军歌光盘，开始放在机子上播放。

意想不到的事情发生了。当播放到一首军歌的时候，背景画面竟然是国旗护卫队的升旗方队。

毋庸置疑，这些国旗护卫队的老兵们都为之一振。大家一边跟着唱歌一边满含深情地看着荧屏上的既熟悉又陌生的画面。

突然，手里端着酒杯的毕可军来到了侯常伟跟前。

他红着眼睛激愤地对侯常伟说：“动作退步了，你看到了没有？动作退步了！”

侯常伟赶紧再看画面，也觉得有些不太对劲，枪刺不是那么直，方队的步伐也不是那么整齐了。

提干后虽然已经离开国旗护卫队，调到了别的中队，但侯常伟还

是经常要去国旗护卫队看看。他没有发现什么问题呀，怎么拍摄出来的画面会是这样？

不等侯常伟辩解，毕可军就又红着眼睛说："你离得那么近，动作退步得这么厉害，你怎么就不知道过去看看，指导指导他们？这是天安门广场上的国旗，升旗升成这样，你就不着急吗？"

侯常伟百口莫辩，只得由着老战友数落。

那次吃饭之后不久，毕可军就开着车专门赶到北京。他到国旗护卫队看了一次现场的升旗仪式，才放下心来。

原来，并不是国旗护卫队升旗方队的动作退步了，而是拍摄上的原因。

虽然是场误会，但却体现了这些离开国旗护卫队的老兵们对国旗的热爱，对老部队的关注。

打那以后，毕可军每年都要在百忙中抽出时间驱车来几次北京，主要目的就是回老部队走一走，看一看。和现在的战友们沟通沟通，鼓励新战友在这个光荣的岗位上不负祖国人民的殷切期望，升好祖国第一旗。

3

还要去升旗

1995年11月底，超期服役的范天强光荣退伍了。临离开部队的时候，他和所有老兵一样，依依不舍地离开了国旗护卫队，离开了与他相伴了四年的国旗。

范天强的老家是山东临沂。临沂是全国有名的革命老区，战争年代发生在这片土地上可歌可泣的英雄事迹数不胜数。这里的人民对党、对祖国饱含着无限的热爱。

当兵之前，范天强家在当地就是个富裕户。当兵回来之后，范天强从父母那里接过来一个采石场和一个饭馆。很快，范天强就结了婚，日子过得红红火火的，每个月的收入平均都在万元以上。

一天下班回到家里，范天强的妻子见范天强有些神不守舍的，就问他是不是发生了什么事。

范天强说没事，低下头就又去看手里的报纸。

那是一张《临沂电视报》。

范天强的妻子有些纳闷，对这种娱乐性的报纸，丈夫平时是不怎么爱看的，今天怎么着了魔似的，一直盯着看个没完。

趁丈夫去卫生间，范天强的妻子拿过那张报纸好奇地寻找着答案。只看了一眼，范天强的妻子就找到了答案。

原来，报纸上刊登着一则醒目的广告，说是临沂华联商厦要成立升旗队，公开在退伍军人中招聘队员。

范天强的妻子想，丈夫一准是看到这则消息了，想去当一个升旗队员。

范天强的妻子深知自己的丈夫对国旗有感情。在丈夫的心目中，国旗比什么都重要，甚至比她这个妻子还要重要。

有一件事给范天强的妻子留下了深刻的印象。

1995 年盛夏，范天强的妻子当时还是他的女朋友。有一次，范天强的女朋友因去东北出差路过北京，于是就来到天安门国旗护卫队看望超期服役的未婚夫。

中队的领导知道这件事后就专门给范天强少排了一班国旗岗，让他们两个人到王府井大街上去转一转。

听到领导这一善解人意的安排，范天强的女朋友很高兴，当即拉着范天强的胳膊就要走。

谁知，范天强却站在原地不动。他对中队领导说："我不去王府井，也不用给我少排一班岗。"

范天强的女朋友一听愣住了，还以为是未婚夫看不上自己了，在一边委屈得不吱声。

等中队的领导离开之后，范天强对女朋友说："我是个老兵，能护卫国旗的日子已经不多了，以后咱们俩相聚的日子还多。现在我要趁着还在部队的日子，尽可能地多做点工作。"

范天强的女朋友马上就理解了自己的未婚夫。

正午时分，范天强又准时准点地站在了天安门广场上的国旗护卫哨上。

女朋友十分珍惜这短暂的相聚时间，也来到了哨位附近，在炎炎烈日下默默地注视着他。

范天强的女朋友也热，但她此时更心疼自己的未婚夫。半个小时过去了，身穿礼服、头戴大檐帽、手上戴着手套、脚上穿着大皮鞋的范天强俨然一尊雕像一般站在那里。骄阳烤红了范天强的脸庞，汗水浸湿了他的衣服。

范天强的女朋友心疼自己的未婚夫，但她却不能上前和他说一句话。她就那么默默地站在那里，用温情的眼神看着他。

一个小时过去了，广场上似乎更加炎热了。范天强的女朋友看到未婚夫的衣服被汗水浸湿的面积又大了一圈。

她感到很热，但她却决心就在烈日下等候着自己的未婚夫，和他一起经受这炎热的考验。

就在距范天强下哨时间还有半个小时的时候，意想不到的事情发生了。范天强的女朋友终于支持不住，中暑晕倒在了不远处的警戒线外边。

看着心爱的女朋友晕倒了，范天强心里咯噔了一下。但他还是不动声色地站在哨位上。

是周围的群众把范天强的女朋友抬上一辆出租车送到一家医院的。直到下哨之后，范天强才打听到那家医院匆忙跟了去。

正是通过这件事情，范天强的妻子知道了国旗在丈夫心目中的分量。

见范天强从卫生间里出来了，他妻子就拿着那张报纸问他："我也看到要成立升旗队的广告了，怎么，你想去？"

见妻子已经知道了这件事，范天强就点了点头。

范天强的妻子了解丈夫的心思，就没有说什么。她知道，丈夫如果去参加升旗队，采石场和饭馆里的生意也就顾不上了，那样不光生意会受到影响，她也不会像现在这么轻松了。

但范天强的妻子也不想因为这些事情阻止自己的丈夫。她知道丈夫深深地爱着国旗，只要能做些与国旗有关的事情，他比挣多少钱都高兴。

第二天，范天强就把生意上的事情交给妻子，去华联商厦应聘了。

范天强得天独厚的条件，不仅使他顺利地成为了一名升旗队员，还当上了升旗队的队长。

范天强十分高兴，因为从此之后，他又可以与国旗相伴，回到魂牵梦萦的国旗旁了。

但是，他的一些朋友知道这件事后，却对他的选择十分不理解。华联商厦升旗队队员的工资很低，每个月只有400元。朋友们都劝范天强不要干这份差事，他们说："你在家里又不缺钱花，起早睡晚地才挣400元钱，值得吗？"

面对亲朋好友的规劝，范天强不为所动，他动情地说："升国旗的岗位是金钱买不来的。我当了4年兵，升了4年旗，我对国旗的感情很深，就是不拿一分钱，我也心甘情愿当一辈子的升旗手！"

不幸的是，1997年9月9日，范天强在升完旗回家的路上，遇上了车祸。他永远地离开了我们，永远告别了国旗。

国旗护卫队就是一支这样神奇的部队。凡是从这支部队里走出去的老兵，都对国旗有着一种极其深厚的情感。"一日护卫国旗，终生无上光荣。"无论走到哪里，他们都会把国旗装在心里，国旗已经成为他们精神世界的一部分，融入到了他们的生命中。

这些来自五湖四海的战士，复员后走向新的工作岗位，依然在为国旗默默地贡献着。

第一任国旗护卫队队长杜新华，2002 年在支队副支队长的位置上转业后被安排在北京西城公安分局治安支队工作，2008 年奥运会期间，他带领志愿者担负起鸟巢主体育场的升旗工作，不光为取得辉煌成绩的我国运动健儿升起国旗，还为取得优良成绩的来自世界多个国家的运动健儿升起国旗。

原国旗护卫队旗手曲衍涛退伍后回到烟台，积极在当地中小学开展国旗教育，并帮助烟台市武警支队训练了一支升旗队伍。

山东金乡籍原国旗护卫队队员孙涛、吕新军、石向东等在当地组成了一支国旗知识宣讲团，经常应邀义务到学校和企业、农村宣讲国旗知识。

退伍后到改革开放的前沿广东去发展的一批国旗护卫队老队员，

也不忘在那片热土上传播着天安门国旗护卫队的感人事迹，把爱国主义教育带到了南国。

天安门国旗班第一任班长董立敢转业到地方工作后，积极参加《国旗法》知识神州行活动，担任组委会主任，促进了国旗宣传教育工作逐步走向正规化。

最后一任国旗班班长赵新风复员后不忘宣传国旗知识，创办新风旗帜文化传播中心，先后担任几十所大、中、小学的课外辅导员。2005年6月，赵新风被中央文明办和中国关心下一代工作委员会授予“全国关心下一代先进工作者”荣誉称号。

这就是五星红旗的力量！

她使一个个热血青年成长为国旗卫士。对伟大祖国和五星红旗的挚爱已经化作一种信念、一种精神融入到了他们的血液之中。

对五星红旗的热爱，对伟大祖国的热爱将伴随他们的一生，成为一种超越生命、超越时空的不灭的信仰和追求！

4

请代我向国旗敬个礼

1995年1月1日，湖北武汉同济医科大学附属协和医院。

面对着眼前桌子上的所有检查结果，医生皱起了眉头。很明显，眼前的这个年轻人患的是慢性重症再生障碍性贫血。这个病的死亡率几乎是100%。医院以前曾经用骨髓移植的方法治愈过一例这样的病人，但花费却很大，要20多万元。

坐在医生面前的这个年轻人就是后来被誉为“国旗之子”的陶维革。

1984年入伍的陶维革在国旗班升了六年旗，1990年退伍后被安排到湖北黄冈地区交通局机关食堂当司务长。

陶维革在部队因十二指肠溃疡穿孔做过手术，身体一直不好，经常犯病，因此生活一直比较拮据。但他却不贪公家一点便宜，不向领导提任何要求，多次被评为先进工作者。

陶维革有一个习惯，不管走到哪里，总是利用一切机会向群众宣传国旗知识。

他说，国旗是祖国的象征，代表国家的尊严，看到升旗和听到国歌时，要立正、敬礼，爱国，就要爱国旗。

当得知自己得了这么严重的病，陶维革对医生说：“如果治病要花这么多的钱，就不要给我治了。我所在的单位一年的收入才几万块钱，我来单位时间不长，没做多少贡献，要是治下去会拖垮单位和家庭的。”

陶维革的病情在一天天恶化，他知道剩下的日子不多了。但在疾病缠身的日子里，陶维革思念国旗的心情却日渐强烈。

在高烧不退、内脏出血的昏沉之际，陶维革回想起了复员时离开部队那一天的事情。

那是1990年2月26日。清晨一大早，陶维革就和往常一样起床了。虽然已经接到了退伍命令，但他还是打算要和战友们一起出操，他

要给新战友们做好表率。

刚站到队列里，班长向他走过来，对他说："老陶，今天由你来升旗。"

陶维革激动得说不出话来。退伍战士升旗，这是以前没有过的事情。

班长又说："老陶，这可是首长点名安排你最后一次升旗的。"

陶维革心里又是一阵激动。他知道这是领导对他这个退伍老兵的极大信任和鼓励。

陶维革穿上礼服，扛着红旗，迈着正步来到广场上。按动电钮后，国旗伴随着国歌的音乐声冉冉升起。

面对国旗，陶维革思绪万千。

陶维革与国旗相伴了六年。六年里，国旗激励着他成长，使他成为一名神圣的国旗手。在部队，他曾经一次荣立三等功，四次受到嘉奖。在国旗的召唤下，他光荣地加入了中国共产党。可是今天，他却要告别庄严神圣的国旗退伍回乡。此刻，看着冉冉升起的国旗，泪眼朦胧的陶维革恋恋不舍地面向国旗敬了一个庄严的军礼。

再见了，国旗！陶维革站在国旗旗杆下在心里默默地说。

离开部队的六年里，陶维革时常会想起国旗，想起老部队。

此刻，在知道自己生命所剩无几的日子里，更是只要一闭上眼睛，鲜艳的五星红旗就会在眼前飘扬。

在对国旗的无限思念中，陶维革又想起了他曾经读过的一篇报道，那是1994年9月15日发表在《人民日报》一版的一篇题为《敬礼，国旗卫士》的文章。想到作者曾经在这篇文章里提到他在十二指肠急性穿孔的情况下仍坚守哨位的情节，陶维革的心里产生了一个念头。他要给这篇报道的作者、人民日报社记者傅昌波写封信，让在北京工作的他去一趟天安门，代他向国旗敬个礼。

陶维革在信中写道：

我现在多么想念与我朝夕相处、一起护卫过国旗的战友，多么想再望一望我扛过的国旗。听说国旗旗杆换了新的，我多么想看一眼新的国旗旗杆啊！我真后悔复员后没有再去北京一趟，看一看国旗。

……

我现在躺在病床上，已经失去了下地活动的能力。我知道自己已经不行了，这里也可能就是我生命的最后一站。我非常感谢你报道了我们国旗班，也感谢你知道我的名字。我现在只有一个请求：什么时候你去天安门广场，代我看一眼国旗，在国旗升起的时候，替我向国旗敬个礼。如果有可能，再代我去国旗护卫队看看新战士，向他们问好，也向我过去的老战友问好。

再见了，我心中念念不忘的国旗！

再见了，我亲爱的战友！

我已不能握笔，这封信是由我口述，请人代笔写给你的。

收到陶维革的这封信后，人民日报社记者傅昌波既感动又焦急。他立刻要通了武汉市同济医科大学附属协和医院的电话。当他了解到陶维革的病情趋于稳定之后才松了一口气。傅昌波的同事们也对陶维革的事情很关心。大家不约而同地想到要把陶维革接到北京，让他再看看国旗，看看战友。但医生在电话里告诉傅昌波，陶维革目前的身体状况不适合长途旅行。大家只好放弃了这一打算。傅昌波和同事们一商量，决定代陶维革去天安门广场，在国旗升起的时候，替他向国旗敬个礼。

1995 年 3 月 17 日凌晨，傅昌波和人民日报社团委书记唐宁一起来到了天安门广场。武警天安门支队副政委郭占斌也闻讯赶来。

当时正赶上寒流，天气有些寒冷，但傅昌波看到广场的旗杆周围早已聚集了上万人。他们有的仰望旗杆，有的遥望天安门城楼，所有的人都在静静地等待着那庄严、神圣而又激动人心的时刻。

旗杆的东面，有一大群排着整齐队伍的小学生。他们迎着寒风个个精神振奋。傅昌波和一个叫李丹的小同学交谈起来。傅昌波这才知道这些小学生来自天津。为了看升旗，同学们半夜就从天津出发了。当李丹知道傅昌波是受一个身患重病、曾经在这里升过国旗的叔叔之托而来时，惊讶得睁大了眼睛。傅昌波给同学们讲了陶维革的事迹。同学们都围了过来，全神贯注地听着。大家都被陶维革的事迹感动了。带同学们来的校长肖慧云对傅昌波说："记者同志，请一定代我们学校的全体师生向陶维革同志表示问候，就说远在千里之外，有一群天真的孩子，还有孩子们的老师祝他早日康复！"

在旗杆的北面，来自辽宁的一位老同志告诉傅昌波，说他们一行 10 人明天就要去加拿大了，这次出国时间很长，今天是专程来看升旗的。

国旗护卫队指导员谢辉在升旗前就来到了广场上，向傅昌波介绍了新旗杆的情况。

6点20分，随着升旗手的振臂一挥，五星红旗在庄严的国歌声中冉冉升起。傅昌波本来想代替陶维革向国旗敬个礼，但考虑到自己不是军人没穿军装，在郭占斌副政委的提议下，把这个任务交给了国旗护卫队队员刘静。

刘静朝着正冉冉升起的国旗敬了一个标准的军礼。

一边的傅昌波面对东方，代表陶维革，也是代表他自己，向国旗行注目礼。

升旗仪式结束后，傅昌波又来到国旗护卫队的驻地。当他问几名新战士知不知道陶维革时，大家都频频点头。他们不光知道陶维革是湖北黄冈人，还知道他在部队时的感人事迹。一个新战士还告诉傅昌波，陶维革的事迹已经被载入到武警部队编著的《天安门前橄榄绿》一书中。

傅昌波还见到了陶维革的老战友。说起陶维革，他们都称赞有加。指导员谢辉告诉傅昌波，陶维革是个不笑不说话的人。窦海舰则说陶维革待人真诚、热情。史涛说，他完全能够体会和理解陶维革对国旗的一片真情，那是用语言无法形容的。

老战友们都盼望着陶维革能够来北京，参加神圣的升旗仪式，与大家在天安门广场的国旗下相聚。

傅昌波还遇见了武警北京总队政委张世瑗。张政委对傅昌波说：“部队在得知陶维革同志的情况后，已经派人去看望，我们会尽力帮助他的。”

张政委还说：“一个人在病床上还惦念着国旗，把国旗哨位看得那

么重、那么神圣，这种心系国旗的精神在当前具有特殊的意义。党中央多次强调爱国主义和奉献精神的教育，我觉得陶维革身上体现出来的正是这爱国主义和奉献精神的和谐统一。”

傅昌波回到报社，就给陶维革写了一封信，把这些温馨而又激动人心的事情全部告诉了他。

1995年3月24日，《人民日报》用半个版的篇幅配编者按全文刊登了陶维革和傅昌波的信以及国旗护卫队的升旗照片。

这两封信刊登出来之后，在全国引起强烈反响。社会各界都被陶维革心系国旗的精神所感动，对他的病情表示出极大的关注。当地医院积极救治，老部队几次派人前去探望，各界人士更是伸出关爱之手，纷纷给他寄钱、寄物，有的还寄来了治病的偏方。

1995年4月20日，为了表示对这位国旗卫士的敬意，经上级领导批准，中央电视台驻武警记者站记者冷冶夫和国旗护卫队指导员谢辉带着一面天安门广场上的国旗来到了湖北黄冈陶维革所住医院的病房里。

在陶维革所住的地矿医院的病房里，当国旗在他面前徐徐展开时，他激动得哭了。

在谢辉的搀扶下，陶维革硬撑起身子，站立在国旗前。他的眼睛里满含着热泪，紧紧地把国旗拥在胸前。在场的人无不为之动容。

冷冶夫还带来了一盘录像带，上面是摄制组新拍摄的升旗仪式的全过程，以及国旗护卫队全体官兵向陶维革祝福和行持枪礼的场面。

看着荧屏上那些激动人心的场面，陶维革热泪不断。

也许是精神作用，也许是陶维革的真情感动了上苍，在医生的积极救治下，陶维革的病情稳定了。

1995 年 10 月 1 日清晨，当鲜艳的五星红旗在天安门广场上冉冉升起的时候，一位身穿旧军装、戴着白手套、胸前戴着军功章的退伍战士，满含热泪地向国旗敬了一个长达 2 分零 7 秒的军礼。

这人就是陶维革。

升旗仪式结束后，陶维革在接受记者采访时说："国旗给了我美好的青春年华，国旗拯救了我的生命，国旗把我和全国人民凝聚在一起。如今，我终于圆了再到天安门广场向国旗敬个礼的美梦，我心里的千言万语汇成一句话：国旗万岁！祖国万岁！"

离开北京后，陶维革计划为 10 万人讲国旗知识，但他的这一计划刚刚完成一半，病情就开始恶化。1996 年春节过后，陶维革的身体并发多处出血，4 月底颅内大出血，医院想尽办法救治，但没有成功。

1996 年 6 月 5 日下午，"国旗之子"陶维革的心脏停止了跳动。

告别仪式上，按照陶维革生前的遗嘱，他身穿橄榄绿军装，左胸前佩戴 32 枚金光闪闪的国旗徽章和国徽徽章，身上覆盖着一面鲜艳的五星红旗，右手手心紧握着一枚国旗徽章。

一位小学老师按捺住心中的悲痛说："学生们亲近的陶叔叔虽然去了，但国旗下的故事我们仍将传颂下去！"

陶维革虽然带着对国旗的深深眷恋走了，但他对五星红旗、对祖国的一片真情将永驻人间。

5

赤子心，国旗魂

1999年10月2日，国庆节的第二天。

这一天，牛建波无意中在电视上看到一则新闻。

这则配着真实画面的新闻令他非常不安。这则新闻报道说：国庆期间，广州街头的很多国旗张挂不规范，一些市民在国庆节后，将大小国旗扔在街头、摆在地摊上，还有人甚至在国旗上“描绘”自己心中的偶像……不少人在记者的摄像机前显得那么麻木，其中不乏正在接受教育的青少年。

虽然这则新闻片段几十秒钟就闪过去了，但牛建波却陷入了长时间的沉思。

牛建波曾经有着一段光荣的当兵历史。1994年入伍到武警北京总队的他，幸运地成为天安门国旗护卫队的一员。

在四年多护卫国旗的日子里，他天天与国旗相伴，每天都在展示着祖国的尊严。

1999年，牛建波退伍回到了家乡。凭着个人良好的军政素质，他很快找到了称心的工作。

但他内心对国旗的热爱，却始终无法割舍。

与此同时，远在东北的张燕辉也看到了这则电视新闻。张燕辉和牛建波是国旗护卫队的战友。他们俩是一批的兵，一同进的国旗护卫队，一起光荣复员。这则新闻也让他感到心里不是个滋味。

国旗把两个小伙子联系在了一起。在离开国旗护卫队的日子里，他们经常在电话里谈论与国旗有关的话题。

因为这则新闻，两个小伙子又通话了。

两个人都为新闻画面上的情景感到难过。可广州远在千里之外，一时之间又感到无能为力，不知道该怎样去劝说那些对国旗如此麻木的人们。

电话中沉默了许久，牛建波突然说：“我们去广州怎么样？”

“去广州？”电话那头的张燕辉一时还没明白过来牛建波的意思。

牛建波又说：“对，我们去广州，在那里一边打工一边宣讲国旗知识。广州是个经济发达地区，我们有责任和义务让那里的人民在享受物质生活的同时，更懂得热爱祖国，更懂得珍惜国旗。”

“好，就这么定了。”远在东北的张燕辉说。

当牛建波和张燕辉分别把这个想法告诉家人和朋友时，大家都感到非常不能理解。

是啊，两个人都有着一份稳定的工作，收入也不低，放着好好的日子不过，干吗要到南方去过那种打工的漂泊生活呢？

但两人似乎都已经铁了心，任凭谁劝说也听不进去。

2000年2月26日，牛建波和张燕辉各自带着2000多元钱分别从河南和东北踏上了开往广州的火车。

讲国旗知识就要有一份像样的国旗知识讲稿。

到达广州的当天晚上，在光线昏暗的小招待所里，两个人凭着以前在国旗护卫队背诵下来的国旗知识讲稿和积累的国旗知识，整理了一份8000多字的声情并茂的国旗知识宣讲稿。

稿子写成之后，两个人又把宣讲稿的题目定为《升好祖国第一旗，凝聚亿万爱国心》。

经过商量，牛建波和张燕辉把宣讲国旗知识的首选地点定在学校。他们俩跑到街上买来一份广州地图，把上面的学校一一标示出来。

第二天一大早，他们赶到位于广州近郊的广州穗华科技专修学院。

找到该校的宋斌校长后，他们向宋校长说明了自己的来意和打算。

宋校长是军人世家，对国旗有着极其深厚的情感。他听了两个年轻人的宏伟计划，二话没说就答应了他俩的“要求”。

于是，牛建波和张燕辉开始了他们南下宣讲的第一课。

第一堂宣讲课由牛建波主讲。师生们被深深地打动了。两个半小时的宣讲，先后被20多次热烈的掌声所打断。

宣讲结束后，在学校教学楼前的小广场上，牛建波和张燕辉又为师生们演示了一场升旗仪式。这是该校成立以来最标准的一次升旗仪式。师生们都被这神圣的场面感染了，心灵受到了极大的震撼。

为了感谢两个年轻人，宋校长真诚地拿来了酬金。但牛建波和张燕辉却没有收。

牛建波和张燕辉都表示，他们的目的就是通过宣讲国旗知识，激发大家的爱国热情，做这一切他们是心甘情愿的，与金钱无关。

说完，两个年轻人就消失在宋校长的视线中，等他反应过来的时候，才想起来竟然忘记了留下他们的住址和电话。

牛建波和张燕辉在广州的国旗知识宣讲也不是一帆风顺的。

2000年3月19日那天，他们两个人来到市区的一所小学。

校长先是被眼前的这两个高大英俊的小伙子给震撼了。但听了牛建波和张燕辉的介绍后，又觉得其中似乎有诈。在市场经济的今天，两个如此年轻英俊的小伙子会来学校做无偿的宣讲？他们真的会什么都不贪图吗？

校长不相信天底下会有这么傻的人。

这么想着，校长看牛建波和张燕辉的眼神就不一样了。那眼神里充满了戒备和不信任，也充满了轻蔑和歧视。

这个校长大概是把牛建波和张燕辉当成借国旗之名创收的商人了，没等他俩做更多的解释，就叫来了保安。保安不分青红皂白就将他们俩赶出了校门。

这样的冷遇并不是就这一次。在此后的日子里，这样的情形几乎每天都在上演。人们不是把他俩当成骗子，就是把他们当成花言巧语、一心想从别人腰包里掏钱的推销员。

见工作无法开展，两个人躺在小招待所里一筹莫展。也就是在这段时间里，来自老家的各种信息让举步维艰的他们俩犹豫了。

牛建波的家人多次打电话催他回河南老家上班；张燕辉远在东北、从小青梅竹马的女朋友也写信来，要他回去结婚，否则就和他分手。

两个人都一度产生了打道回府的念头。

但想想宣讲国旗知识的任重道远，又想想当初站在国旗下立下的

“护卫国旗，重于生命”的铮铮誓言，两个人一致决定咬牙坚持下来。

几经思考，几经筹谋，2000 年 3 月 28 日，他们一路打听着找到了广州市教育局。到了市教育局，一位姓黄的处长接待了他们。在得知情况后，黄处长答应了他们的请求，同意在市教育局的牵头安排下，让他们先为一些中小学做国旗知识宣讲。

听到黄处长的这一答复，两个年轻人十分激动。临走的时候，他俩红着眼圈向这位黄处长敬了一个标准的军礼。

2000 年 4 月 1 日，牛建波和张燕辉在广州市某中学开始了他们宣讲国旗知识和爱国主义教育的第二课。课还是由牛建波主讲，每一句话语都牵动着现场师生的心。宣讲结束后，学生们擦拭着泪水，捧着鲜花走向他们，将鲜艳的红领巾戴在他们脖子上。

该校高二（1）班曹秋琳同学动情地说：“我们一定以他们为榜样，用实际行动去爱护国旗，维护祖国的尊严！”

后来的一个多月时间里，他们在广州几十所中学先后进行了“爱国旗爱祖国”的宣讲活动。所到之处，无不受到广大师生的热烈欢迎。

在享受幸福与骄傲的同时，一个很现实的问题摆在了两个年轻人面前。出来一个多月之后，两个人身上的钱都所剩无几，他们的生活在面临着极大的考验。为了少花钱，他们不敢进饭店，天天不是吃三块钱一碗的盒饭就是吃方便面。

与此同时，语言不通的事情也在时时困扰着两个年轻人。他们很难准确找到他们要去的学校，又没有钱打的，所以常常是要提前两三个小时出发。

两个人的生活濒临窘境。

尽管如此，他们从未向任何一所学校索取一分钱的报酬。

就在这时，广州穗华科技专修学院的宋校长受全校师生的委托历经千辛万苦终于找到了他们。3 个男子汉相遇的那一刻，大家的眼睛都湿润了，他们紧紧地抱在了一起。

对国旗、对祖国的共同热爱，让一个校长和两个退伍老兵开始了一项伟大的事业。

2000 年 4 月下旬，在宋斌校长的无私帮助下，牛建波和张燕辉他们在广州穗华科技专修学院校园内有了自己的办公室，并且成立了广州穗华爱国主义教育办公室。

从此，“升旗、护旗、爱旗、宣讲国旗”就成了牛建波和张燕辉的全部工作。

当天安门国旗护卫队其他一些退伍老兵得知这一消息时，安徽的叶峻峰、山东的于吉祥、四川的冯瑞春、山西的刘静、河南的侯东超和王念江等当年的护旗手也纷纷放弃了自己的工作，前来广州加入到这个特殊的群体。

在后来的日子里，8 位旗手的足迹遍及广东省的河源、中山、茂名及广州的每个区，行程 10 多万公里，共为 160 多个学校、企业义务进行爱国主义教育和国旗教育 180 多场，听众达 35 万人次，同时又为这些学校培训升旗手总人数达 2000 多人，军训学生 20 多万人次。

一个校长与 8 个退伍老兵用他们的一腔热血，表达他们心中对伟大的祖国、伟大的国旗难以割舍的爱！

第六章 / 国旗，镌刻在我们心中

1

国旗见证

五星红旗是国家主权和尊严的象征。新中国成立60年来，五星红旗和华夏儿女一起见证了祖国的繁荣和昌盛。有五星红旗飘扬的地方，就有团结和力量，就有胜利和希望。

60年来，高高飘扬的五星红旗寄托了华夏儿女对祖国的无限深情，也见证了伟大祖国由新中国成立初期的一穷二白逐步走向强大和繁荣的每一个足迹。

让我们一起来共同回顾那些激动人心的历史时刻。

1971年10月25日，联合国大会以压倒性多数票恢复了中华人民共和国在联合国的一切合法权利。11月1日上午8时，鲜艳的五星红旗第一次在联合国总部大楼前升起。正是从这一刻开始，象征着中华人民共和国国家主权和尊严的五星红旗，越来越多地在世界上飘扬。

鲜艳的五星红旗不仅代表着中华人民共和国的国家主权和尊严，也见证着亿万华夏儿女不断攻克难关、攀登高峰的光辉历程。1975年5月27日14时30分，中国登山队9名队员成功登上珠穆朗玛峰峰顶。登山队员罗则率先高高举起手中的五星红旗。这一刻，鲜艳的五星红旗高高地飘扬在世界屋脊的最高峰。

1984年夏天，第23届奥运会在美国洛杉矶举行。这是自从新中

国成立以来中国体育代表团第一次参加的奥运盛会。7月29日，时年27岁的许海峰以绝对优势的成绩夺得了这届奥运会的第一枚金牌。这也是中国历史上的第一枚奥运会金牌。当鲜艳的五星红旗在嘹亮的《义勇军进行曲》伴奏下冉冉升起在普拉多射击场上空时，中国人民彻底洗去了“东亚病夫”的百年耻辱。

伟大的中国人民在征服高山和挑战自我的同时，也吹响了向海洋和太空进军的号角。

1985年12月30日15时，中国南极考察队队长郭琨在队员们的欢呼声中，第一次把鲜艳的五星红旗插在了中国南极长城站所在的乔治王岛上。

2003年10月15日上午9时，我国自主研制的“神舟”五号载人飞船，在酒泉卫星发射中心成功发射升空。当天18时37分，中国首位航天员杨利伟在飞船绕地球飞行第7周后，面带微笑地向世人展示了他手中的中国国旗和联合国旗，用中、英双语说道：“和平利用太空，造福全人类。”

2008年9月27日下午4时41分，中国航天员翟志刚从“神舟”七号飞船出来，代表13亿华夏儿女漫步太空，他手中挥舞的五星红旗向全世界展示着中华民族的伟大力量。

鲜艳的五星红旗也见证了香港和澳门的回归历程。

1997年6月30日23时42分，中英两国政府香港政权交接仪式在香港会展中心隆重举行。23时59分，英国国旗和香港旗在查尔斯王子忧郁眼神的注视下缓缓降落。随着“米字旗”的降落，英国统治香港一个半世纪的历史终于宣告结束。7月1日0时整，在雄壮激昂的中华人民共和国国歌的伴奏下，中华人民共和国国旗和香港特别行政区区旗在会展中心冉冉升起。

时隔两年后的1999年12月19日23时58分，在澳门新口岸刚落成的文化中心，葡萄牙国旗和澳门市政厅旗缓缓降落。12月20日0时整，鲜艳的中华人民共和国国旗和澳门特别行政区区旗冉冉升起。

至此，澳门继香港回归之后也回到了伟大祖国的怀抱。

自从开国大典以来，鲜艳的五星红旗已经在天安门广场上空飘扬了整整60年。

60年里，飘扬在天安门广场上空的“祖国第一旗”同样见证了伟大祖国的繁荣和昌盛。广场上空“祖国第一旗”每日的庄严升起，象征着祖国的安定和繁荣。“祖国第一旗”也凝聚着13亿中华儿女对伟大祖国无限的热爱和眷恋，那神圣的升旗仪式更是激起了无数华夏儿女的骄傲和自豪。

亿万华夏儿女为我们的伟大祖国骄傲和自豪，也为代表伟大祖国的“祖国第一旗”骄傲和自豪。现如今，天安门广场上的升旗仪式已经成为一个不可或缺的爱国主义教育项目。来自五湖四海的人们在爱国主义高尚情操的感召下，在五星红旗的召唤下在这里相遇。他们因为国旗而相遇，又因为国旗而相知，对五星红旗的挚爱让他们走到了一起。

担负着天安门广场升旗任务的武警天安门国旗护卫队，更是成为社会各界共同关注的一个焦点。人们因为对五星红旗的热爱而对这支担负着特殊使命的部队投以了更多的关爱与支持。而作为人民子弟兵

的国旗护卫队官兵，忠于祖国、热爱人民本来就是他们的崇高宗旨。

对国旗护卫队的干部战士来说，爱国旗就是爱国，爱国就是爱人民；而对每一个国人来说，爱这支部队就是爱国旗，爱国旗就是爱祖国。

五星红旗就这样把国家、军队和人民群众紧密自然地联系在了一起。

北京松竹康乐城的修脚按摩师刘景玉，人称京城“一把刀”，自1991年国旗护卫队组建以来，近二十年如一日一直利用业余时间，为护卫队队员修脚、治病。由于每天升降旗、上哨和训练都要穿着皮鞋，因此脚气、脚垫成了队员们的“职业病”。刘师傅了解到这个情况后，决定发挥一技之长，为护卫队队员排忧解难。他利用节假日、星期天等时间，无数次义务巡诊。每次帮战士们修完脚，他饭都不吃一口就走了。一个名叫王国录的新战士，脚气化脓，疼痛无比，无法参加正常的训练和升降旗。刘景玉得知后，天天来到护卫队为他精心治疗换药，使他很快重返岗位。

许多同事和邻居都问刘景玉：“你这么好的技术，好些地方出高价请你都请不到，怎么单单去那不挣钱穷受累的地方？你是想当劳模还是想当代表？”刘师傅平静地答道：“我什么都不想当，我就是要把我的技术用在最需要我的地方，图的就是让国旗卫士们升好祖国第一旗。”

有一次，团中央组织各民族少先队员到国旗护卫队驻地宿舍参观。小朋友们发现，每个叔叔的床上除了方方正正的被子外，没有一个枕头。其实，这是战士们为了保持良好的体型想出的特殊办法。一个西藏的小朋友不知道这个情况，回去后就精心绣了一个具有浓郁藏族风情的枕头，用包裹寄到了团中央。团中央又把这个枕头转交给了国旗护卫队。

捧着这个枕头，战士们的心情都很激动。这个小小的枕头充分表达了藏族小女孩对国旗卫士的敬仰和爱戴，也代表了各族人民心向五星红旗。

来国旗护卫队慰问的既有著名的企业家，也有无数的平民百姓。有向国旗护卫队赠送专用汽车的奇瑞集团，也有为训练的战士送上几箱矿泉水的街道社区，这一切无不证明了人民群众对子弟兵的爱戴和拥护。

国旗护卫队的一代代官兵对广大人民群众的厚爱更是充满了感激之情，他们用庄严的升旗仪式来捍卫祖国尊严和人民利益，力所能及地从点滴做起，利用自身优势普及国旗知识，进行爱国主义宣传。

这些年来，在“祖国第一旗”的感召下，无数鱼水情深的感人故事每天都在发生、都在演绎。军民之间谱写出一首首感人肺腑的共建之歌！

2

一封特殊的来信

2009 年 3 月的一天，国旗护卫队新上任不久的指导员王国宾收到了一封信。

信是写给他和队长路伟志的。当时，路伟志不在，王国宾就把信

拆开了。

国旗护卫队是个令世人瞩目的地方，经常会收到群众的来信。在信里，大家除了向他们表示一份崇敬之情之外，还会向他们表示真切的问候。

但这一次，王指导员收到的这封信却似乎有些特殊。信封刚拆开，就有一沓钱从里面露出来。

见王指导员有些惊讶，一边的通信员张艳坤却习以为常地说："这是山东淄博的一个叫张学岗的人寄的。听说这人给咱们寄钱都寄了十好几年了，每两个月寄一回，一回寄72块钱，平均一个月给国旗护卫队36块钱。"

王国宾忽然想起来，上一任指导员杨胜利离任时曾经对他说起过这件事，当时没怎么放在心上，想不到今天自己亲手收到了这封来信。

他把信封里的钱拿出来数了数，果然一共是72元。

夹在信封里的信不长，但却写得质朴而真切，在表示了一番对国旗护卫队的真诚问候之后，又叮嘱新上任的王国宾一定不要拒绝他的一点心意。话说得朴实而真挚，让王国宾十分感动。

看着眼前的这封信和随信寄来的72元钱，王国宾对这个署名为张学岗的人充满了敬意，同时也对张学岗这个人有一些好奇。

这是怎样的一个人呢？他的生活状况是怎样的？他为什么要一连十几年坚持每个月给国旗护卫队36块钱呢？在这一切的背后隐藏着他怎样的一段心路历程呢？

正纳闷着，队长路伟志进来了。

听了王国宾的这些疑问，已经来国旗护卫队两年多的路伟志给王国宾详细地讲述起张学岗这个人。

随着路伟志的讲述，王国宾一步步走近了这个叫张学岗的人，一段感人至深的故事浮现在他的眼前。

张学岗是山东淄博淄川人，一个再普通不过的农家子弟。1974 年出生的他中学毕业后就四处打工，靠打工为生的他一直收入不高，多的时候一个月能挣千把块钱，少的时候只有几百块钱。

10 多年前的一个春天，他到北京旅游。

来北京旅游很大的一个原因，就是要去天安门广场看升旗。张学岗从小就崇尚军营，成为一个光荣的军人是他梦寐以求的理想。但是，随着岁月的流逝，他却阴差阳错地与军营擦肩而过。

自己不能成为军人，军人却成了张学岗生活中的偶像。

在张学岗的思想中，中国军人是最可爱、最值得尊重的人。

他时常挂在嘴边的是这样一句话："保家卫国靠军人，发了大水靠军人，地震来了也要靠军人，军人是咱老百姓的顶梁柱！"

那天，在天安门广场看升旗，张学岗被国旗护卫队的威武军姿震撼了。升旗仪式结束后，他不知不觉地就来到了国旗护卫队的驻地东朝房。

看着训练中汗流浃背的战士们，张学岗的心揪了起来。他感到战士们实在是太辛苦了。他实在是太想为战士们做点什么了，可一时又不知道自己该做点什么才好。

那天，张学岗在国旗护卫队东朝房门前的训练场外面待了整整一天。

刚开始的时候，在张学岗朴实的思维里，他认为像国旗护卫队这样一支担负着国家重要任务且享誉全国的部队，在待遇上应该是十分优厚的。当他从游客的闲聊中，得知国旗护卫队在待遇上和其他部队并无两样，就连战士们擦马靴用的鞋油还要自己花钱买时，他感到很意外。

夜色降临。那天，张学岗就带着这种深深的意外离开了午门外的国旗护卫队。

坐在回山东的火车上，张学岗的心情久久不能平静。他越想越觉得自己应该为那些升起“祖国第一旗”的战士们做点什么。那段时间的张学岗正处在下岗状态，家中并没有太多的积蓄。但张学岗觉得，东西不在多少，代表的是一种老百姓对子弟兵的敬意和心意。

想到国旗护卫队每次升旗的时候都是 36 个人，一个主意在张学岗的脑海中诞生了。他打算每个月从自己并不富裕的生活中挤出 36 元钱给国旗护卫队寄去。他朴素地想，就让那些战士用这点微不足道的一点钱去买几管鞋油用吧。

回到家之后不久，张学岗就到邮局去给国旗护卫队寄去了 36 元钱。邮寄的时候，张学岗并不知道国旗护卫队的具体通信地址，只好在收款人一栏内写上“北京天安门国旗护卫队”收。

本来，张学岗是不想留下地址的，但邮局要求寄款人要留下真实地址和姓名，这样他才不得不把自己的地址和名字写了上去。

意想不到的是，10 多天之后，寄走的钱却被天安门国旗护卫队给退了回来。退款单的一侧还附带了几句国旗护卫队队长王俊华的留言，说他的一片心意国旗护卫队的官兵们领了，钱还是要给他退回去。

看到退款，张学岗感到很受伤害，也很伤心。

他觉得国旗护卫队应该接受他的这一份心意，不应该这样不讲情面。

为了这件事，张学岗马上又专程跑了一趟北京。来到国旗护卫队，见到队长王俊华之后，张学岗向王队长发火了。

他说："我们山东是个革命老区，战争年代老百姓给解放军送煎饼送大葱，你说这些到底能解决多少问题？但这却是我们老百姓的一片热心，我们的胜利就是靠这种军民团结换来的。我知道这36块钱也解决不了什么大问题，可这也是我的一片心意！"

王俊华无话可说了，他只得代表国旗护卫队所有官兵收下了张学岗的这36块钱，也收下了他对人民子弟兵的一片爱心。

从那以后，张学岗就每隔一个月往国旗护卫队寄72元钱。到了后来，他想到用汇款的方式寄钱，护卫队还要派人专门到邮局去取，既麻烦又浪费时间，于是就每隔一个月给国旗护卫队写一封信，把72块钱放在信封里一起寄过来。

十几年来，张学岗四处漂泊着打工，走了一地又一地，单位换了一家又一家，可无论走到哪里，无论在什么单位上班，无论收入是多是少，他从来都没有忘记一件事，那就是每隔一个月都要给国旗护卫队写一封问候信，并随信寄去他用自己的辛勤劳动换来的72元钱。

36元钱对一些有钱人来说，也许根本就不值得一提，但对张学岗这样一个靠打工为生并不富有的农村务工人员而言，可以算得上是一笔小积蓄。十几年来，他每隔一个月都会风雨无阻地给国旗护卫队寄去72元钱，算起来，对他而言也会是一笔不小的数目。但这又绝不是

仅仅可以用金钱来衡量的。这是他对国旗护卫队官兵的一片心意，更是他对人民军队的无限拥戴和爱护。

现如今，张学岗在淄川区杨寨镇的一家建材城的监控室里上班，一个月的收入不到1000元。但他说，只要他还能养活自己，就要把每隔一个月给国旗护卫队寄72块钱的事情继续做下去。

他说，只有这样做了，他才能感到心里踏实。

每隔几年，张学岗都会抽时间来一次北京。每次来，他都会到天安门广场上去看升旗。看完升旗，他还会到东朝房国旗护卫队驻地的训练场旁边看一看。他最大的愿望就是能和国旗护卫队的战士们聊聊天，但每次来看到忙碌的战士们，他又不忍心上前打扰。

张学岗就那样默默地站在训练场外面的游客中间。忙碌的官兵们有时根本就没有注意他的到来。

听了路伟志的讲述，王国宾十分感动。

他把那72元钱交给了文书张艳坤。他让张艳坤用这72元钱去买了鞋油和洗衣粉。

晚点名的时候，王国宾通知文书小张把鞋油和洗衣粉发到各个班里。

队伍前面的王国宾像以往历届国旗护卫队的中队领导那样，就这尽管不多但却意义重大的一笔钱又做了一番演讲。

讲到最后，王国宾动情地说："战友们，当我们用这些鞋油擦去皮鞋上尘土的时候，当我们用这些洗衣粉洗掉衣服上汗水的时候，我们就会想起这些关心爱护我们的人民群众，我们没有任何理由不尽心尽力地去护卫好我们的祖国第一旗！"

3

一个外交官心中的国旗

1990年2月24日，中华人民共和国外交部外交官吴钟华奉命到基里巴斯共和国建立大使馆并任临时代办。

基里巴斯是位于太平洋中部的一个岛国，由众多小岛组成，陆地面积812平方公里，人口不足10万。

基里巴斯当时还处于半原始状态，物质生活非常落后。没有报纸，没有广播，也没有电视，精神生活十分贫乏。

作为一个从事过多年外交工作的外交官，吴钟华深深地懂得国旗对于一个国家的意义。

来基里巴斯之前，吴钟华就曾多年在驻外使馆工作。每次回国路过天安门，他都会身不由己地用满含深情的眼神久久地注视着飘扬在广场上空的五星红旗。

常年驻外的他，每每此时内心都会涌起一种异样的激动。

五星红旗是祖国的象征，在无数个驻外的日子里，思念祖国和亲人的他感到看见五星红旗就如同是看见了祖国和亲人。

飞机刚一着地，吴钟华就惦记着在基里巴斯升五星红旗的事情。他要让代表我们国家的五星红旗，尽快在这个太平洋岛国上飘扬起来。

中国驻基里巴斯大使馆只有吴钟华一个人。

俗话说，“麻雀虽小，五脏俱全”，使馆再小，工作也是方方面面。这些工作全靠吴钟华一个人来做，工作量之大、之烦琐可想而知。

他既是馆长，也是馆员。既要考虑中基两国间政治、经济、文化等各方面的大事，也要亲自操持使馆的礼宾交际、拜会宴请和联系接待等具体工作。

比起正常的使馆工作，吴钟华还多了一项非常繁重的工作，那就是使馆的一切建设工作。

即便是这样忙碌，吴钟华心里也一直惦记着升国旗的事情。

建馆初期，由于临时馆址不在首都塔拉瓦，而是在它旁边的一个仅1.5平方公里的贝霄岛上，那里条件很差，没法竖旗杆，吴钟华就只能暂时在门前悬挂大使馆的馆牌。

后来，吴钟华将大使馆搬到位于首都塔拉瓦的新址。条件稍稍有了些改善，他就把竖旗杆悬挂国旗的事情摆上了议事日程。

对于曾经在外交部礼宾司工作过十几年的吴钟华来说，举办外交招待会不算难事，但是竖旗杆这样的活他可从来没干过。

反复考虑之后，吴钟华认为，竖旗杆一定要标准，要有长远眼光，还要耐用。为了确定标准，他开车外出办事时，只要见到悬挂有基里巴斯国旗的政府机关和学校，就停下来仔细打量研究旗杆的长短、粗细和颜色。

那段时间，吴钟华像着了魔似的研究旗杆。

塔拉瓦岛上有十几个地方竖有旗杆，但长短粗细各不一样。吴钟华发现，所有的旗杆有一点是相同的，都是灰色的。当地的总统府和外交部的旗杆最标准，对这两根旗杆，吴钟华特意多看了几次。

经过调查，吴钟华知道旗杆的高度一般是11米，由3节上细下粗的金属杆组成。旗杆底座为1.5米见方，深度要视土质情况而定，但一定要坚固牢靠。

一番考察论证之后，吴钟华打算也按照这个尺度修建旗杆基座和旗杆。

设计方案确定之后，第二步就是找材料。

最为难以寻找的是国旗旗杆的材料。塔拉瓦仅有一个大一些的材料商店，吴钟华去过无数遍，里里外外翻了个底朝天，也没找到一根可以做旗杆的材料。这个最大的商店里没有，别的小铺子里就更不会有。没办法，吴钟华只好一边不断地向朋友们打听，一边开车在岛上的所有地方寻找。

有一天，吴钟华在一个不显眼的地方看见一根竖着的杆子，杆子后面像是一个破旧不堪的教堂。之后，吴钟华又去观察估量过几次，他目视杆子的高度大约有7米，分上、下两节，也是上细下粗。

吴钟华觉得可以利用这根杆子作为旗杆的上两节。于是他就把这件事告诉了基里巴斯朋友汤先生，请汤先生帮忙去了解杆子的主人以及这根杆子的用途。过了几天，汤先生告诉吴钟华说那是报废了的旗杆，材料还很好，可以买来利用。

汤先生还告诉吴钟华，他家的院子里还有一根铁杆，正好可以用来当旗杆的第一节。真是天无绝人之路，这3节正好可以组成一个旗杆，长度约11米。此外，还要换一个旗杆顶上的滑轮。这个吴钟华早

有所备，他去斐济时曾买过一个滑轮和升降旗用的尼龙绳子。

接下来，吴钟华找人找车，把3节铁杆拉到使馆的院子里。他和夫人利用几天的时间把3节杆子擦干净。然后又买来漆料，请了一个会做油漆活的岛民达达给杆子刷漆。在吴钟华的监督指导下，这位岛民达达用了7天时间，给三根杆子刷了3遍漆。下一道工序非常关键，就是要把3根杆子焊接在一个水平线上，不能有半点偏差。吴钟华想出了一个土办法，他在院子里选了一片很平的沙滩，沙滩上隔不远就放一块砖，他把3节杆子搁在砖上，尽量放平并对准接口。

岛民达达不知道从哪里找来一个水平仪，又找来个电焊工，这下吴钟华认为没问题了。没想到站在三根杆子一边的电焊工却迟迟没有动手。一问，才知道他只有焊枪，并没有焊条。

吴钟华一听笑了，马上转身回屋去取焊条。

焊条是他去斐济时专门留心买回来的。那时的他，就为建馆工作做了各种设想，其中包括买焊条。

吴钟华从房间里取出来几根焊条给焊工，并且跟他一起干。不到一天的时间，三根杆子就被焊接到了一起，并且达到了预期要求。

旗杆做好之后，就该做旗杆底座了。但是，吴钟华却又碰到了新的难题，买不到水泥。至于水泥什么时候到货，还没准确时间。

此后只要一有空，吴钟华就去打听水泥是否到货，唯恐货到后抢购不到。大约过了20多天，澳大利亚的船来了，运来了岛民所需的生活用品和一些建筑材料，其中有水泥，吴钟华赶紧采购了足够的水泥。水泥是采购到了，可一下子又找不到小货车拉货，吴钟华就用使馆里仅有的一辆日本尼桑牌小轿车一趟趟地往使馆里拉。水泥拉回来之后，吴钟华又怕下雨淋湿了，不敢放在院子里。没有仓库，吴钟华最后只好把这些水泥放在他卧室的一个角落里。

旗杆底座吴钟华早就设计好了，它1米见方，40厘米高，其中20厘米在地下，20厘米高出地面。底座中间留个洞，粗细与最下面的那节旗杆一样。洞两边竖两片5毫米厚、40毫米宽的铁板。铁板有一半露在外面，每块上面打3个孔。旗杆竖起来，插到洞里，2块铁板紧夹着旗杆，又在旗杆上也钻3个孔，2块铁板上的孔和旗杆上的3个孔成一条线，等把旗杆竖进底座洞里，再从3个孔的一边插进特号螺栓，在另一边拧紧，这样旗杆就被固定得十分结实。

之所以这样设计，其目的就是万一要是旗杆的上面出了问题，比如滑轮坏了，或绳子断了，可以拧开大螺栓把旗杆放倒进行修理。

材料齐全，设计明确，吴钟华和泥瓦工一起上阵，整整忙活一天。

该竖旗杆了。旗杆又长又重，把它竖进底座里非人力所为，必须用吊车。这还非请汤先生不可，凭他的关系去借吊车，吴钟华在岛上还没见过吊车。几天之后，汤先生找到了吊车，还约好了用吊车来吊旗杆的具体日期。

11月1日下午3点，吊车开到了使馆门口。开车人不懂英文，只见他用土语跟泥瓦工达达说了几句就上车了。达达用绳子把旗杆拴好，让大家扶着旗杆，司机开始起吊，把旗杆顶徐徐竖起，吴钟华他们压着旗杆的根部，把旗杆慢慢竖直，最后小心地把旗杆插入底座，旗杆终于矗立起来了。

1990年11月2日清晨，在中国驻基里巴斯大使馆，吴钟华和夫人一起举行了简单的升旗仪式。当吴钟华看着五星红旗徐徐升起的时候，他激动得眼睛湿润了。

吴钟华在心中感慨：五星红旗啊，五星红旗，我终于在天涯海角的基里巴斯，在我国新的外交阵地上让您高高飘扬了。

看着迎风飘扬的五星红旗，吴钟华感到全身激荡。

他在心中欢呼：五星红旗，我为您骄傲，为您自豪，您背后是我们强大的祖国，她就在我心中，就在我背后，她是我强大的靠山，她是我在这样艰苦条件下开拓我国最小的外交前沿阵地的力量源泉。

从那一天起，升国旗就成为吴钟华每天起床后的第一件工作。直到1992年8月31日吴钟华离任回国的那一天，他每天都会在基里巴斯升起鲜艳的五星红旗。离任那天，他在使馆门前最后一次升起国旗，才依依不舍地奔赴机场。途中，他不止一次地回头眺望椰林中那迎风飘扬的五星红旗。

吴钟华看到，鲜艳的五星红旗就像一团跳动的火焰，在风中激情地燃烧。

那一刻，面对着赤道附近炙热的红太阳，吴钟华百感交集，心中只想表达一句话：祖国万岁！

那一刻，吴钟华的脑海中似乎又浮现出了天安门广场上空的那面巨大的五星红旗。

4

用爱心编织的谎言

2006年3月29日，长春普济医院。

一间病房门口，国旗护卫队宋毅警官和彭凯班长把一面代表全体国旗护卫队官兵美好祝福的五星红旗轻轻地展开。之后，两个人托着红旗走进了病房。

病房的床上躺着一个小女孩，她的名字叫欣月。

宋毅和彭凯走到床前，告诉欣月说放在她面前的是一面天安门广场上的五星红旗。

已经失去视力的欣月握着五星红旗的一角，甜甜地笑了……

和宋毅、彭凯一起赶到长春看望小欣月的还有央视《星光大道》栏目的同志，他们在床前为小欣月表演了节目。

大家都希望小欣月能够感受到快乐，希望欣月能够知道所有人都在关注她，希望她能够恢复健康。

欣月的脸上露出了一丝幸福的微笑，那久违的笑容在她疲惫的脸上持续了很久。

此时，彭凯又拉着小欣月的手说：“欣月，我是国旗护卫队的彭凯叔叔。前些天你去天安门广场看升国旗，你是小升旗手，我是大升旗手，叔叔还放心不下你，今天特意从北京赶来看你……”

小欣月的脸上再次绽出了幸福的笑容。

她忘不了前些天“去天安门广场看升旗”的情景。虽然她的眼睛看不见，但国旗却一直在她的心里飘扬着。

“叔叔，等我的眼睛好了，我还要去看升旗。”

旁边的所有人听到这里，眼睛都湿润了。人们不由得想起了那个谎言——那个用爱心去精心编织的谎言。

事情还得从头说起。

2005 年 10 月的一天，家境并不富裕的小欣月摔倒在了学校的操场上。

那一年，小欣月只有 7 岁，是个天真烂漫的小女孩。

经医院确诊，欣月患的是髓母细胞瘤。这是一种恶性程度很高的脑瘤，花蕾般年纪的小欣月被判了“死刑”。不久之后，由于脑部积水和肿瘤压迫，小欣月双目失明了。

欣月虽然从来没有去过北京，但她却对天安门前的升旗仪式有着一种由衷的向往。欣月的父亲说，还是在小欣月上幼儿园的时候，那时家里没有电视，有一次，小欣月去邻居家看电视，从《新闻联播》中上看到了天安门广场上的升旗场面。从那以后，欣月的心里就有了一个愿望，要去天安门广场看升旗。

如今尽管小欣月的双眼已经看不见了，可这个愿望却更加强烈。她最大的梦想就是能站在北京天安门前听着国歌看升旗。

欣月把自己的这个想法告诉父亲，心疼女儿的父亲含着眼泪答应了。

与此同时，好心的长春市民也知道了这件事情。大家都非常愿意帮助这个爱看国旗的小女孩来实现这个梦想。

但是，由于病情严重，医生不同意欣月做长途旅行。

一想到不能满足女儿生命中最后的愿望，欣月的父亲就心如刀绞。看着女儿的那张被病魔折磨得十分憔悴但却仍然充满期盼的小脸，欣月的父亲不忍心把医生交代的话告诉女儿。

就在这时，一开始就积极报道小欣月病情的长春《城市晚报》的记者们想出了一个大胆的主意。他们打算在长春找一个有国歌响起的地方，到时就告诉小欣月说那里就是北京的天安门广场。

欣月的父亲也十分同意这个设想。这个想法也得到了长春广大市民的热烈响应。无数的热心人都在为小欣月的“去天安门广场看升旗”的梦想忙碌着。

大家希望在她身体能够承受的情况下给她一个惊喜，帮她去实现这个神圣的国旗梦。

就在这时，医院传来消息，医生说小欣月的病情又加重了，随时都有生命危险。欣月的父亲打算要尽快地帮助女儿实现“去天安门广场看升旗”的这一愿望。

说起来简单做起来难。尽管“去天安门广场”是虚拟的，但要做到效果逼真，让身体虚弱、听力良好的欣月信以为真却不是一件简单的事情。

小欣月的事情牵动着长春市民的心，很多爱心人士都行动了起来。大家连夜坐在一起商量行动方案。

第二天，《城市晚报》又把虚拟的“去北京天安门广场看升旗”的

几个难题一一列举刊登出来。比如说升旗仪式的地点应该是一片大一些的地方，还有周围一起看升旗的人应该很多，来自全国各地甚至世界各国，语言当然也不能仅仅是东北话。

消息刊登的当天，就有无数个电话打到了报社。大家只有一个目的，那就是各尽所能地来帮助小欣月实现这个愿望。

经过精心安排之后，大家决定于2006年3月22日由长春市2000余名爱心参与者一起陪着小欣月踏上“去北京天安门广场看升旗”的旅程。

为了做得逼真，小欣月被告知要凌晨1点从长春出发，经过几个小时的长途旅行到达北京，然后去天安门广场看升旗。

22日上午9点，小欣月被抱上了《城市晚报》的采访车。这辆采访车假扮开往北京的长途车。在这辆车的后面是一辆救护车和5辆雷锋车队的出租车，再后面是一辆119路公交车。119路公交车将假扮北京的4路公交车。这辆车上乘坐着长春高校的几十个不同口音的大学生，他们将扮演北京公交车上的外地人。

尽管此时的天有些阴，但大家还是担心欣月会感觉到现在不是凌晨1点。司机特意将车内的帘子都拉上。为了方便联系，雷锋车队的刘队长拿着对讲机也坐在这辆车上，车上还有两名普济医院的医护人员。长春一家旅行社的导游刘菲扮演乘务员为欣月介绍“途经城市”的一些情况。

为了让小欣月感受到旅行的氛围，志愿者们设计了很多细节。

车刚启动，乘务员的扮演者就说：“各位旅客，我们这趟长途车的目的地是北京，请大家检查一下车票，不要坐错车。”

车队出发后，躺在爸爸怀里的小欣月不停地唱着“北京小妞，嘿呦嘿……”欣月的爸爸告诉记者，这是她在电视里刚学会的歌，最近听说要去北京就一直唱。

细心的吕先生是特意从北京赶来的志愿者，他叮嘱司机说：“司机师傅，现在是凌晨1点多，道路黑暗，灯光不好，你可一定要注意安全。”

司机师傅默契地回答：“放心吧，我经常开车走夜路。”

由于是“凌晨”，路上不应该有太多的车，于是车队就开到郊区，在一些背静的路段上不停地兜圈子。

一路上，刘队长时不时地用对讲机问后面的其他志愿者到哪里了，队员们按照事先约定好的话回答出一系列的“途经”城市：

“到沈阳了。”

“到北戴河了。”

……

为了保证小欣月的安全，医护人员时不时会为她测量体温。一路上，小欣月听着不同的路况播报，每隔几分钟就兴奋地问还有多久到北京。看到小欣月这么高兴，所有志愿者都感到很欣慰。但同时，每个人的心又都提到了嗓子眼上，大家都生怕因为自己的一句话使整个计划泡汤。

一路上，所有人都希望欣月能睡上一觉，这样大家才能放松一些。但可能是由于小欣月看升国旗的心情太迫切了，她一直“瞪着大眼睛”兴奋得不得了。

车到“北京”之后，长途车被由吕先生扮演的交警拦住，吕先生告知他们外地车辆由于没有尾气排放合格证，不能进入市区。

这样一来，小欣月一行人要换乘“北京的4路公交车”。

119路公交车扮成北京4路公交车，载着小欣月前往“天安门广场”。一路上，要停靠4次。扮演车长的是一位地地道道的北京人，他手持事先准备好的车票，负责报站。这时，由30多名大学生扮演的乘客不时地打听“去天安门广场看升旗”的情况。

因为北京是首都，外来观光者云集，乘坐公交车的外地人越多越逼真，所以要求东北口音尽量不要出现。车上的30多名大学生全都不是东北本地学生。他们分别来自山西、广东、山东、浙江、新疆以及上海等地。

上了公交车之后，几个外地人先后用十分艰涩的普通话，向车长问路，其中包括王府井、北海公园以及清华大学等。车长会随机指点，安排大家入座。公交车到达升旗地点后，所有的志愿者都悄悄尾随小欣月下车，装扮成外地人，一边用方言谈话，一边作为观众陪在小欣月身边。

“天安门广场”到了，小欣月盼望已久的升旗时刻终于来临。

模拟升旗点是在长春郊区的公共关系管理学院。

小广场上，长春公共关系管理学院升旗队的队员们在远处踢着正步走了过来。队员们的正步踢得比平时训练的时候还要卖力得多。

导游刘菲告诉欣月：“解放军叔叔扛着五星红旗来了。”

当国歌响起，五星红旗徐徐升起的时候，欣月笑着，发自内心地笑了。她试着把自己的小手举起来，一次，两次，欣月终于忍着病痛把自己的小手举过头顶，向国旗敬了个礼。

这一刻，她无比幸福。

国歌声中，在场的人除了小欣月一个人在笑，其他所有人都流下了泪水。

人们为五星红旗自豪，更被小欣月对国旗的感情所打动。

与小欣月一起听国歌、看升旗的除了100多名志愿者之外，还有长春公共关系管理学院的2000多名师生。

升旗结束后，欣月被送往长春普济医院继续接受治疗。

欣月的病情牵动着无数人的心，许多素不相识的人纷纷从四面八方赶到医院来看望她。

北京三博复兴脑科医院专家专程从北京赶到长春为欣月会诊。医生说，欣月的病情虽然很严重，但还有手术治疗的可能。

3月30日，欣月终于登上了前往北京的火车。到达北京的第二天，三博复兴医院的专家们就为欣月进行第一次手术。

继宋毅和彭凯专程去长春看望小欣月之后，国旗护卫队的官兵们一直都十分关心欣月的病情。听说欣月来北京做手术，国旗护卫队于4月6日又派出彭凯等四名战士专程到医院探望。

他们为欣月带去了一串36只的纸鸽，还带去了录音机和一盘升降旗的录音带。

彭凯对欣月说："你要好起来，到那时候再到天安门广场去看升旗。"

听着录音机里放的国歌，病床上的欣月又笑了。

4月11日，专家们又为欣月进行了第二次手术，切除了直径达7

厘米的脑部肿瘤。

术后第二天，欣月的双眼有了光感，身体状况也有了好转。

4 月 13 日，武警天安门支队全体官兵自发地为小欣月募捐。

在募捐现场，武警天安门支队政委张永利向记者介绍说："小欣月的事情在整个支队引起了轰动，她的爱国主义荣辱观让战士们深受感动。战士们纷纷要求为欣月捐款，同时我们也期盼着欣月能够尽快康复，早日到天安门广场看升旗。"

2006 年 5 月 8 日，小欣月终于实现了自己的愿望，在亲人和医务人员的陪护下，真正到天安门广场去看了一次升旗。

当雄壮的国歌声响起来的时候，小欣月使劲地睁大还没有完全恢复的双眼，凝望着国旗徐徐升起，庄严地举起右手向国旗敬礼。

2008 年 8 月 26 日，小欣月终因脑部肿瘤病情恶化离开了这个世界。

消息传来，国旗护卫队全体官兵都感到心情十分沉重，已经提干成为排长的彭凯说："小欣月在病重时依然情牵国旗，这份对国旗的真情值得我们每一个国旗卫士学习。"

5

李爱娜与国旗护卫队

说起李爱娜与国旗护卫队之间的缘分，还要追溯到 1994 年秋天发生的一件事。

那是一个秋高气爽的日子，李爱娜在北京市劳动人民文化宫搞活动。

曾在国家机关宣传部门工作过的李爱娜，十分重视教育。此时，她把自己的主要精力都投入到了大学生的身上。

那天，一向热爱文艺的她请了一位国内著名指挥家给大学生们讲交响乐。这之前，李爱娜已经组建了一个100人的女子大学生合唱团。

著名指挥家担任主讲的交响乐讲座马上就要开始了，李爱娜却感到不安起来。原来，由于劳动人民文化宫距离各个大学比较远，台下的听众不多，有很多空位子。李爱娜觉得这样是对著名指挥家的不尊重。她赶忙把自己的这种不安，对协助她搞讲座的工作人员说了。文艺科工作人员马上就给李爱娜出了一个主意：

“李老师，你可以去找国旗护卫队的战士来听。”

“国旗护卫队？”这是李爱娜第一次听到这个称呼，她有些茫然。

那个工作人员又说：“你怎么会不知道国旗护卫队？就是每天负责在天安门广场上升国旗的那支部队。他们的连部就在文化宫里。”

这么一说，李爱娜就明白了。当时也没有多想，为了救急她马上就跑到筒子河边国旗护卫队连部。

当时的指导员谢辉接待了她。李爱娜把自己的苦衷说了。谢辉一听，二话不说就组织了一个排不上哨的士兵火速赶到了劳动人民文化宫的小礼堂里。国旗护卫队的战士们刚坐好，著名指挥家就走了进来。

看到台下座位上还有一个个军容端正的军人，那位指挥家那天的讲座讲得十分起劲。听着台下不时爆发出的一阵阵掌声，李爱娜心里一块石头落了地。

讲座结束之后，李爱娜向国旗护卫队的战士们表示了感谢。当一个个既朴实又威武的战士站到她面前时，她感到一种从没有过的亲切感。她打心眼儿里喜欢上了这些小伙子。

指导员谢辉向李爱娜介绍了国旗护卫队的情况，她这才知道在天安门城楼后面还驻扎着这样一支专门负责升国旗的部队。五星红旗在人们的心中是神圣的，广场上的那面迎风飘扬的祖国第一旗更是牵动着无数中国人的心。但是，在国旗护卫队刚组建的最初几年里，并不是人人都清楚天安门广场上的升旗情况。

听了谢辉的介绍，身为烈士子女的李爱娜对这支担负着特殊任务的部队肃然起敬。

交谈中，指导员谢辉向李爱娜提出了一个问题，问她能不能找人抽空过来教战士们唱唱歌。李爱娜一口就答应了。回去后，李爱娜就把这个任务交给了首都师范大学的合唱队队员们。她给音乐系的女大学生们排了班，让她们轮流去国旗护卫队教歌。考虑到大学生们都没登过讲台，李爱娜示范性地教了第一课。

这一课上下来，李爱娜感到任重道远。

原来，战士们大部分都没有音乐基础，不知道什么是简谱，一切都要从基础开始。

但战士们却不乏悟性，慢慢地，李爱娜就带着学生们逐渐摸索出了一套“教学经验”。

请来的学生都是女子合唱团的大学生，每次只要有学生过来，李爱娜肯定比她们到得早。上完课，一般都比较晚了，李爱娜不放心让女孩子单独回去，就先把学生送到学校门口再回家。有一次教到晚上10点多才结束，已经没有公共汽车了，李老师就先陪女学生走到远在公主坟附近的首都师大学校门口，然后再步行回到她西四的家。到家后，已经是凌晨1点了。

李爱娜的努力没有白费，国旗护卫队每次参加部队的合唱比赛总是拿第一，他们的男声小合唱更是成为经典保留节目。

正是从那以后，李爱娜和国旗护卫队的缘分正式建立起来，10多年来再也没有中断过。她成为国旗护卫队名副其实的“编外指导员”。

时隔一年多，1996年的一天，指导员谢辉无意中向李爱娜表达了一个愿望。他希望国旗护卫队能够有一支专属于自己的队歌。这支歌既要体现国旗的神圣意义，又要充分地表达出国旗卫士们对国旗、对祖国的无限忠诚。

李爱娜对谢辉的这个想法十分赞同。

思忖良久，她打算去找部队的专业人士来完成这项神圣的工作。

在军界，要论作词谱曲最专业的团体莫过于总政歌舞团了。虽然李爱娜并不认识总政歌舞团的什么人，可她认为，像讴歌国旗、歌唱祖国这样的事，特别是基层部队的需求，谁都不会关上大门不管的。

一天，李爱娜直接敲开了总政歌舞团创作室的门。她向创作室的同志说明了自己的来意。创作室的同志一听，赶忙带着她去找了当时的主任孟宪斌。李爱娜向孟宪斌说出了她的请求，军人出身的孟主任毫不犹豫地就接下了这个事。

不久，一首由孟宪斌作曲、李幼容作词的题为《敬礼，国旗》的

军旅歌曲就这样诞生了。

这首歌生逢其时。歌曲成形后不久，中央电视台正在举办的“首届军旅歌曲MTV大赛”引起了李爱娜的注意。她想，如果能用画面来演绎这首歌，不是更加有意义吗？

就这样，《敬礼，国旗》又被制作成了MTV。参赛后，一举获得“首届军旅歌曲MTV大赛”金奖。

《敬礼，国旗》一直被唱到现在，成为一首家喻户晓的军旅歌曲，更是时时被国旗护卫队的战士们挂在嘴边哼唱。

随着与国旗护卫队的接触越来越多，李爱娜对国旗有了新的认识。她有了一个新的想法，想借助媒体多宣传一些国旗知识。

不久之后的一天，李爱娜“莽撞”地敲开了《中国青年报》党委书记的办公室。她向党委书记建议，在《中国青年报》上搞一次“国旗知识竞赛”，借用报纸的影响力普及国旗知识。

《中国青年报》对这项工作非常支持。李爱娜回到家后就开始翻查资料，与国旗护卫队的战士们一起设计列举了100道与国旗有关的竞赛题。为配合当年的国庆47周年庆祝活动，经专家审查后，报社选择其中47题作为竞赛试题刊登在《中国青年报》上。

一时间，这一新颖的活动引来了无数人的关注，全国有10余万读者参与了这项活动。

其中有一个特殊群体的积极参与让李爱娜感慨不已。那是天津一所监狱里的服刑人员。他们不但积极参与国旗知识竞赛，还给报社写了信，信中，一位服刑人员代表全体服刑人员说：“我们虽然都是犯过罪的人，可我们每个人都清楚地知道自己是中国人。是中国人，就要爱我们自己的国家，就要爱我们的国旗。”

李爱娜知道国旗护卫队是一支担负着特殊任务的部队。这支部队不光是简单机械地负责每天的升旗和降旗，还随时随地用自身素质向世人展示着中国军队的集体形象，换句话说，他们是中国形象的一个缩影。

正是基于这种考虑，李爱娜觉得应该在提高国旗护卫队战士的知识水平上下工夫。

天安门广场是世界著名的开放性广场，每天都有许多游人到这里参观游玩，其中不乏有许多外国友人。在与战士们的接触中，李爱娜听到一些战士反映，他们在执勤的时候经常会遇到一些外国人问路。一到这时候，英语基础不是很好的战士们就会感到十分尴尬，无法流利地回答外国友人的问题。一个战士说，有一次，天安门城楼检修，为了安全，城门洞暂时不让游人通过。一天傍晚时分，走过来一个外国友人要求从城门洞通过，这个负责执勤的战士上前阻止，让他沿故宫城墙绕行。因语言不通，尽管战士费了很大的劲比画，但是这位外国友人还是不明白他的意思。最后叫来能说两句英语的班长解围，才总算是磕磕巴巴地把事情解决了。

李爱娜首先把突破口放在了英语上。

战士们学得迫切，李爱娜也教得认真。她请北京外国语大学的师生，为国旗护卫队的战士们专门编写了《执勤英语100句》。又利用节假日把学生们请到国旗护卫队，亲自教战士们学英语。

通过学习，战士们的英语水平有了很大提高，面对外国友人问路

时，再也不觉得尴尬了，而是充满了自信。

部队领导希望让战士们懂点电脑知识。考虑到战士们平时执勤繁忙，李爱娜就与北大在文化宫院内开办的“青鸟计算机培训中心”联系，让部队领导组织战士们利用节假日去无偿地学习。

在李爱娜这个“编外指导员”的热心关照下，国旗护卫队的文体生活一天天活跃起来。

紧张的执勤工作之余，战士们喜欢李爱娜和大学生们带来的活跃气氛，有时候则也被她的一些“异想天开”的想法吓一跳。

李爱娜曾经无数次去天安门广场看过升旗。从小就接受过芭蕾舞蹈训练的她觉得战士们在升旗仪式中的系列动作也是一种舞蹈。她有了一个大胆的想法，她要教战士们学舞蹈。李爱娜觉得，让这些身材高大挺拔的国旗卫士学舞蹈有几大好处。放松身心陶冶情操自不必说，通过学习舞蹈，还可以让战士们找到乐感，增强身体的柔韧性和灵活度，从而达到配合训练与执勤的作用。

起初，国旗护卫队的干部一听说李爱娜的这个主意，还有些担心。他说：“李老师，我们好不容易把自己练直了，一跳舞会不会又练散了？”

李爱娜苦口婆心地说：“你们是礼仪兵，学习跳舞可以找到感觉，踩对乐点，培养身体的协调性。”

国旗护卫队的干部听李爱娜说得有道理，就让她先把舞蹈动作编排出来看看。

李爱娜的这套专门针对国旗护卫队的舞蹈动作费了她不少心思。考虑到国旗卫士的职业特点，李爱娜编排的这套舞蹈动作与通常意义上的舞蹈动作截然不同。这套舞蹈动作少了些民族舞蹈的欢快与缠绵，多了一份芭蕾的挺拔与整齐。

李爱娜亲自教战士们学跳舞。效果果然不错。不知不觉的潜移默化中，战士们的气质发生了微妙的变化。原本就刚毅威严的军姿，变得更加自然和贴切，举手投足间流露出一种成熟的职业军人气质。

时间不知不觉已经过去了15年，掰着指头算下来，15年里，李爱娜已经联系邀请了北京十几所大学的学生来国旗护卫队做过志愿者。清华的学生来了，北大的学生来了，人大、北师大、化工大学、首都经贸大学的学生也来了……

这些年来不管是教什么，并不是只搞几次做个样子，而是15年如一日地一直延续下来。15年里，国旗护卫队的战士走了一批又一批，各个大学的学生们也是来了一拨又一拨。但这中间的牵线人却一直都是李爱娜一个人。

大学生们在教授国旗护卫队战士们知识的同时，他们也从战士们的身上学到了可贵的品质，真正起到了互帮互学的作用。

一个曾经给国旗护卫队上过课，后来出国留学的女大学生对李爱娜说：“李老师，在国外，我最怀念的就是去国旗护卫队上课的那些时光，最想念的场景就是天安门广场上的升旗仪式，一想到广场上代表伟大祖国的五星红旗就心潮澎湃，对祖国充满了无限的眷恋之情。”

对祖国、对五星红旗充满眷恋之情的又何止这位女大学生一个人，和无数华夏儿女一样，李爱娜也是对祖国和代表祖国的五星红旗充满感情。

两年前春节的那段日子，李爱娜随在英国工作的小女儿去了荷兰。这是李爱娜第一次在春节期间出国。正值新春佳节，李爱娜把对祖国、对国旗的无限思念化为对国旗护卫队的一声问候。她去邮局给国旗护卫队的小伙子们寄了一张明信片。

李爱娜在留言中只说了一句话："升好祖国第一旗，凝聚亿万爱国心。"

如今，李爱娜又有了新的打算。她计划联合首都各高校学生搞一台宣讲国旗知识的文艺晚会，用这种崭新的形式配合国旗护卫队的升旗仪式，让代表伟大祖国的五星红旗深入每一个国人的心中。

李爱娜早已过了花甲之年，但她的心却是年轻的。

对祖国、对国旗的爱让她青春永驻！

对国旗护卫队的关心与爱护让她充满活力！

6

红旗阿妈

2009 年 3 月 28 日晚，中央电视台庆祝西藏百万农奴解放 50 周年文艺晚会进行到高潮的时候，主持人朱军走上舞台满含深情地给大家讲述了这样一件事。

在中国和尼泊尔边境的一个偏僻小村庄的一个农家小院里，总有一面五星红旗在高高地飘扬，远远地看去非常醒目。这个小院的主人是一位叫次仁曲珍的藏族老阿妈，老阿妈今年已经 99 岁了，她在自家的小院里整整挂了 44 年的国旗。

随着画面，我们看到了这位叫次仁曲珍的老阿妈正站在自家的院子里升国旗。在旁边给她当升旗助手的是村党支部书记罗布。

朱军又介绍说，老阿妈一直有个愿望，她说她很想得到一面崭新的国旗，最好是大一些的。

在主持人朱军的邀请下，三位来自国旗护卫队的国旗卫士手捧着一面天安门广场上的五星红旗迈着正步走到了舞台中央。

与此同时，一位藏族同胞从舞台的另一侧走了上来。

这位藏族同胞就是和次仁曲珍住一个村子的、西藏自治区聂拉木县樟木镇帮村的村党支部书记罗布。

在朱军的主持下，简单而庄重的赠旗仪式开始了。走在前面的护旗代表韩冲亲手把一面国旗交到了罗布书记的手上。

罗布表示，他一定要把这面国旗亲手交到次仁曲珍老阿妈的手上，让这面国旗飘扬在家乡的土地上。

在场的所有人都流下了热泪，大家被这个藏族老阿妈对国旗的一片深情感动了。

感动之余，人们不禁对这个藏族老阿妈的身世有了浓厚的兴趣。

她是怎样的一个人？她为什么会对国旗有着如此深厚的感情呢？

西藏和平解放之前，次仁曲珍老阿妈生活的聂拉木县樟木镇是个贫穷的边境小镇。这里山高沟深，土地匮乏，人们主要依赖编织竹制品来维持生计。为了换取粮食，人们常常要先上山砍伐竹子编织成竹

器，然后顺沟而上步行5天的路程到聂拉木宗缴纳赋税、换取食盐。然后再顺沟而下，步行10天，到尼泊尔的巴尔比斯镇换取粮食。返回途中，他们还要向尼泊尔海关缴纳8个尼币的关税，回到村子还得向村里的头人进贡。

农奴出身的次仁曲珍在西藏和平解放前就是一个这样的背夫。

回忆起那段不堪回首的日子，次仁曲珍感慨万端。

背夫可以说是一路与死神相伴。悬崖边上，全靠一根又一根的木桩揳入山体，形成悬空的栈道，爬行其上稍一失足，就会人亡货损。

那是一个人吃人的黑暗社会，次仁曲珍根本无法抗争，为了活命，只能默默承受起一名背夫的悲惨命运。她曾经亲眼目睹了比她大6岁的姑姑连同货物一起坠下山崖，消失在汹涌的波涛之中的悲惨情景。

次仁曲珍回忆说：换取一次粮食大约需要30天的周期。每次出发要背负5件竹制品，一路上要先后缴纳3次赋税。20天的时间用来走路，除去路上的口粮最后到手的只有不到10斤粮食。回来后，又要花10天的时间投入到下一轮竹器的编织中。

细数血泪书写的账本，次仁曲珍老阿妈十分愤慨地说："在旧西藏，我是一个在头人压迫之下挣扎在悬崖边上的背夫！我的血都被他们榨干了，自己却一无所有，留下的只有自己的足迹，能带走的只有自己的影子。"

1965年3月28日，周恩来总理签署了国务院命令，庄严号召为建设社会主义的新西藏而奋斗。从此，西藏彻底废除了黑暗的农奴制度，实行了跨时代的民主改革。

从那一刻起，百万农奴站起来了。占西藏总人口95%以上的翻身农奴第一次拥有了决定自己命运的生存权和发展权。巍峨的喜马拉雅山作证，她的儿女从此步入了现代文明社会，从此走向光明。

次仁曲珍清楚地记得，她第一次见到五星红旗，是在一个热火朝天的修路工地上。金珠玛米（解放军）举着五星红旗开进樟木镇，他们腰里系着绳子，悬空打炮眼，开山劈石，硬是在悬崖峭壁上凿出了一条连接外面世界的公路。

次仁曲珍第二次见到五星红旗，是在一个焚烧地契、卖身契的欢庆场面。那一天，次仁曲珍领到了一本属于自己的土地证，土地证上印着鲜艳的五星红旗。

1960年，政府帮扶组进村，帮助村民致富，次仁曲珍过上了好日子。

五星红旗彻底改变了次仁曲珍的命运。从此她认定了五星红旗下面的人都是自己的亲人，五星红旗是吉祥和幸福的标志，能给自己带来幸福。

1964年，次仁曲珍光荣地加入了中国共产党，1965年国庆节，她第一次在院子里挂起了五星红旗，从此就再也没有间断过。

次仁曲珍的第一面五星红旗是她跋山涉水跑了几百里地买来的。

站在五星红旗下，次仁曲珍说："谁给我做人的权利我就跟谁走，谁给我幸福的生活我就支持谁。"

一年又一年，国旗旧了又换新的。次仁曲珍说，她要让高高飘扬的五星红旗永远鲜艳。

老阿妈一共珍藏了8面国旗，这是一笔宝贵的精神财富。每当有

人问她为什么要这么做时，她就说："我年纪大了，不能做什么了，每天把国旗升起来，表达对共产党、对祖国的热爱。"

当别人问及次仁曲珍老阿妈需要什么帮助时，老人的回答总是那么简单而坚决："我只想要一面更新更大的五星红旗！"

在次仁曲珍的影响下，帮村每年的国庆节和藏历新年，整个村子家家户户都悬挂国旗。

次仁曲珍老阿妈用几十年的坚守，无声地表达了雪域儿女对伟大祖国的深深爱恋。

次仁曲珍老阿妈几十年如一日的这种对五星红旗的热爱，是因为她亲眼见证了西藏几十年来的沧桑巨变，见证了共和国60年的辉煌历程。是金珠玛米的到来，才使她翻身当家做主，结束了悲惨的农奴命运。

次仁曲珍老阿妈的经历，有力地说明了各族群众对共产党的拥护和爱戴。鲜艳的五星红旗飘扬在雪域高原，飘扬在280万西藏各族人民的心中，这是任何人、任何力量也无法改变的事实。

2009年4月4日，是樟木镇人民同喜同庆的大好日子，天安门国旗护卫队赠送的国旗抵达这里，受到了各族干部群众和驻地部队官兵的热烈欢迎。在樟木镇中心小学，500余名闻讯而来的群众见证了这一激动人心的时刻。

西藏自治区人大常委会副主任、日喀则地委书记格桑次仁将曾经在天安门广场上空飘扬的国旗亲手转交给了99岁的次仁曲珍。

格桑次仁称次仁曲珍是"国旗老阿妈"。

格桑次仁拉着老阿妈的手亲切地问道："老阿妈，看到国旗，你现在放心了吗？”

次仁曲珍老阿妈将国旗紧紧地抱在自己的怀里，说：“北京是我心中的太阳，我现在的心情就像被太阳照亮了一样，格外的温暖和舒畅。”

随后，当八名英姿飒爽的当地武警官兵分列两旁，将鲜艳的五星红旗徐徐展开在大家眼前时，现场立即爆发出雷鸣般的掌声和热烈的欢呼声。

老阿妈的心愿得到了满足，我们每个人都感到十分欣慰。

在庄严的国旗下，格桑次仁说：“天安门国旗护卫队向老阿妈赠送这面国旗，表明中央和全国各族人民对老阿妈爱国爱旗这一事迹的充分肯定和高度重视。这是西藏人民的光荣和骄傲，老阿妈以事实证明了谁给西藏老百姓带来幸福与自由、使老百姓得到真正的实惠，老百姓就拥护谁，就跟谁走！”

老阿妈的事迹深深感染了周围的人。

樟木镇居委会副主任巴桑说：“当阿妈的画面出现在电视上的时候，我无法用言语表达内心的激动。虽然她年事已高，不能亲自前往向往已久的北京，但老阿妈的精神与国旗同在、与祖国同在，她这种纯朴的爱国精神感动着我们每一个人。”

老阿妈用洁白的哈达将鲜艳的国旗细心地包裹起来，表示要将它作为最珍贵的宝物好好珍藏。

谁言寸草心，报得三春晖。

高高飘扬的五星红旗，唱响了万里高原爱的赞歌，给这片50年前

获得新生的大地带来新的生机和活力。

帮村党支部书记罗布说："这面国旗是开展爱国主义教育的最好载体，是全村人最珍贵的礼物，我们一定要代代相传，像爱护自己的生命一样爱护它，让它在我们每一个人的心中高高飘扬。"

这面国旗，也承载了党中央、国务院的亲切关怀，承载了全国人民的深情厚谊，它一路走来，所到之处是吉祥的祝福和洁白的哈达，是国旗摇曳的红色海洋，是各族人民大团结的欢庆场面。

2009 年 4 月 5 日，这面五星红旗在帮村老阿妈家的院子里高高飘扬。

当天晚上，国旗护卫队的小伙子们坐在电视机前看到了这一幕幕的热烈场面。战士们又一次被这位藏族老阿妈爱国爱旗的真实情感所打动，纷纷表示，一定不负祖国人民的期望，升好祖国第一旗，凝聚亿万爱国心！

尾声／我们去升旗

我们去升旗

2009年5月1日，凌晨。

江河沉寂，大地熟睡。夜色里的神州大地，呈现出一片安谧与宁静。于这份安谧、宁静之中，北国田野里的麦穗在黎明前的寂静里慵懒地伸展着腰肢，南国江河里的鱼儿急切地把头探出水面呼吸着凌晨的第一缕清新空气。

神州大地，一派静谧，一派祥和。

春风激荡，河山披秀，心的旅行瞬间穿越万水千山。

在广袤的华北平原上，在祖国的心脏，一声哨音从北京城故宫的午门外翠笛般鸣响。

古老而年轻的北京城被唤醒了。东朝房里从睡梦中醒来的一群年轻人率先打破了夜的沉寂。

此时是凌晨3时30分。

几分钟后，这群脸上还带着睡意的年轻人纷纷从东朝房里涌出来。

第一个走出来的是中队长路伟志。今天是大升旗，路伟志亲自担任带队警官。他的样子警觉而敏锐，一看就知道是早有准备。

路伟志第一个洗漱完毕，站在东朝房门前的训练场上开始整理着装。这个27岁的年轻队长在这个早晨想得很多。

前些天队里抽出部分战士去了阅兵村，参加新中国成立60年庆典

武警部队阅兵方队的训练。这是武警部队的荣誉，更是国旗护卫队的荣誉。人少了，担子重了，但留下的战士们却没有丝毫的抱怨和退缩。大家齐心协力，团结奋战，升旗、降旗、国旗哨，一切工作都在按部就班地进行。

看着远处朦胧晨光中的婆娑树影，路伟志不由得想起了著名诗人舒婷的那首歌唱祖国的不朽诗篇中的两个经典段落：

我是你簇新的理想
刚从神话的蛛网里挣脱
我是你雪被下古莲的胚芽
我是你挂着眼泪的笑窝
我是新刷出的雪白的起跑线
是绯红的黎明
正在喷薄
——　祖国啊

我是你十亿分之一
是你九百六十万平方的总和
你以伤痕累累的乳房
喂养了
迷惘的我，深思的我，沸腾的我
那就从我的血肉之躯上
去取得
你的富饶，你的荣光，你的自由
——　祖国啊
我亲爱的祖国

路伟志忽然感到在这个早晨他有话要对战士们说。

朦胧的晨光中，路伟志看到今天不值班的王国宾也来了。两个年轻人走到一起，不需要说话，只需一个眼神就能知晓彼此的想法。

和路伟志一样，王国宾也同样有话要对战士们讲。

路伟志问：“指导员，等会儿是你讲还是我讲？”

“你讲吧。”王国宾说。

在路伟志面前，王国宾就像是一个宽厚的大哥。

洗漱完毕的战士们渐渐围拢过来，大家一起开始整理着装。先是每个人自己整理，接下来是相互检查，相互整理。从衣领到后背，从绶带到裤脚，一切都要妥妥帖帖的，不能留下半点遗憾。

有人把国旗护卫队的集体气质概括为“三师”，说他们是忠诚之师、威武之师和文明之师。为了与这一集体气质相符，每个战士都力争从点滴做起，严格要求自己。

3 时 40 分，随着路伟志喊出的一声集合口令，战士们迅速按方队的排列顺序排成四列。也就是从这一刻起，严肃紧张的队列气氛瞬间就赶跑了战士们脸上的睡意，他们一个个都变成了精神十足的小老虎。

先是热身跑步。路伟志和王国宾排头。战士们铿锵的脚步声敲击着午门外的青石板。

30 分钟之后，队伍被带到了午门外的中轴线上。

路伟志站在队伍前面，开始了他的升旗前的即兴演讲：“战友们，今天是五一国际劳动节，再过 5 个月就是我们伟大祖国的 60 华诞。60

年来，我们的祖国发生了天翻地覆的变化。进入新世纪，改革开放的浪潮汹涌澎湃，我们的伟大祖国正以更加强盛的身姿跻身于世界民族之林。我们国旗护卫队肩负着祖国13亿人民的期望，每天在英雄的天安门广场把神圣的五星红旗升起。我们升起的不仅是中华民族的象征，更是中华民族的伟大精神。我们每个人都知道，猎猎飘扬的五星红旗下，凝聚的是不可估量的巨大民族向心力。我们知道，每一个清晨，全国各族人民都在关注着天安门广场上那激动人心的时刻。无论是白发苍苍的老人，还是茁壮成长的青少年学生；无论是少数民族的同胞，还是海外华侨，不分民族、不分职业、不分年龄，大家都在《义勇军进行曲》的旋律中感受崇高，在冉冉升起的五星红旗中找到一个共同的心灵交点。天安门广场上的升旗仪式已经成为全国人民及海外华夏儿女寄托爱国情怀的重要形式，是其他任何形式所无法替代的一种爱国主义教育方式。正是因为这样，我们国旗护卫队任重道远。在全国人民心目中，我们国旗护卫队早已超越了一支普通部队的意义。从一定程度上说，我们这支部队已经成了国旗的化身、祖国的符号。在民众眼里，我们这支部队比明星还富有吸引力。战友们，我们一定要对得起祖国人民对我们的信任，把我们一贯的优良作风发扬传承下去，为祖国升好旗，为人民站好岗。新中国成立60周年庆典在即，我们每个人都要从自我做起，从点滴做起，用实际行动向国庆献礼，向祖国致敬！请问大家有没有信心？”

“有！”战士们洪亮的声音在午门外回荡。

4点30分，路伟志把队伍带到东朝房外面的训练场上，他和战士们一起进行升旗前的热身正步训练。

4点50分，由60人组成的大型乐队来到了天安门城门后的东侧。已经准备充分的国旗护卫队升旗方队也集结到了天安门城楼下，和乐队一起进行升旗前的最后一次合练。

5点10分，整装待发的升旗方队从城楼下出发。

手持指挥战刀的路伟志知道，他身后的升旗方队此时已经凝聚成了一个人。

为了祖国，他们可以舍弃一切。

为了祖国，他们用青春和热血铸成爱的诗篇。

为了祖国，他们把个体的小我融化成一个大我，成为国旗的一部分。

此时，天安门广场上早已是人山人海，人们一齐把期待的目光投向这支忠诚之师，投向这支文明之师，投向这支威武之师，投向象征着国家主权和尊严的五星红旗。

升旗方队走下金水桥，乐队奏起旋律优美的《歌唱祖国》。

升旗方队迈着犹如呼吸般富有韵律的步伐继续前行。

祖国有无数个美好的明天等待着他们。

五星红旗将在我们伟大的祖国上空世代高高飘扬！